A VOLTA AO MUNDO COM 80 AMIGOS

ODAIR QUINTELLA

A VOLTA AO MUNDO COM 80 AMIGOS

Labrador

mais CAUSOS quase VERÍDICOS

© Odair Quintella, 2024
Todos os direitos desta edição reservados à Editora Labrador.

Coordenação editorial Pamela Oliveira
Assistência editorial Leticia Oliveira, Jaqueline Corrêa
Direção de arte e Capa Amanda Chagas
Projeto Gráfico Marina Fodra
Diagramação Estúdio dS
Preparação de texto Lívia Lisbôa
Revisão Vinícius E. Russi

Dados Internacionais de Catalogação na Publicação (CIP)
Jéssica de Oliveira Molinari - CRB-8/9852

Quintella, Odair

A volta ao mundo com 80 amigos / Odair Quintella.
São Paulo : Labrador, 2024.
160 p.

ISBN 978-65-5625-624-5

1. Literatura brasileira 2. Crônicas brasileiras I. Título

24-2207 CDD B869

Índice para catálogo sistemático:
1. Literatura brasileira

Labrador

Diretor-geral Daniel Pinsky
Rua Dr. José Elias, 520, sala 1
Alto da Lapa | 05083-030 | São Paulo | SP
editoralabrador.com.br | (11) 3641-7446
contato@editoralabrador.com.br

A reprodução de qualquer parte desta obra é ilegal e configura uma apropriação indevida dos direitos intelectuais e patrimoniais do autor. A editora não é responsável pelo conteúdo deste livro.

O autor conhece os fatos narrados, pelos quais é responsável, assim como se responsabiliza pelos juízos emitidos.

Ao Pedro, meu neto.
Que esses causos sirvam para
complementar as histórias que já lhe contei.

SUMÁRIO

INTRODUÇÃO ———————————————————————— 11

A PANDEMIA ———————————————————————— 13

    SARS-COV-2 OU COVID-19 – AVENTURA DE
FEVEREIRO DE 2020 A FEVEREIRO DE 2023 ————————— 13
    CUIDADO! NOVO GOLPE NA PRAÇA: O DIA DOS PAIS ——— 20
    CORRESPONDENTE ITALIANO ————————————————— 21
    E A VIDA (E A PANDEMIA) CONTINUA(M) ————————— 29
    AGORA TÁ LIBERADO: SOMOS TODOS ECONOMISTAS ——— 30
    BOA E MÁ NOTÍCIA DO DIA ——————————————————— 30
    CORONAVÍRUS – VAMOS LAVAR AS MÃOS ————————— 31
    CORONAVÍRUS – LIGUE O VENTILADOR QUE O PROBLEMA SOME — 32
    O CONSUMIDOR NA PANDEMIA ——————————————— 33
    OLIMPÍADA NA PANDEMIA —————————————————— 34
    VACINAÇÃO ————————————————————————————— 37
    COISAS COMPLICADAS ————————————————————— 38

FAMOSOS ———————————————————————————— 41

    JÔ SOARES – 16/01/1938-05/08/2022 ————————————— 41

 ZIRALDO, O DESENHISTA MALUQUINHO — 24/10/1932-06/04/2024 — 43
 ZIRALDO, O PADRINHO — 45
 IMPRESSÃO ÀS AVESSAS — 46

TOCO — 49

 O PRIMEIRO TOCO A GENTE NUNCA ESQUECE — 49
 TOCO NO BERÇO DE PORTUGAL — 50
 TOCO NA VINDIMA — 51
 TOCO NO SANTUÁRIO — 52
 TOCO NA QUINTA DO ALFREDO — 53
 TOCO NA CONTRAMÃO — 54
 TOCO DO GONDOLEIRO — 55

FILHOS & ENTEADA & NORA & NETO — 57

 ANJO DA GUARDA — 57
 TRAVESSIA IPANEMA-ILHAS CAGARRAS — 60
 (IR)RESPONSABILIDADE — 62
 (IR)RESPONSABILIDADE – A REVANCHE — 63
 NÃO CONFUNDAM *FREE WAY* COM *FREE MOUTH* — 65
 A ORDEM ALFABÉTICA — 66
 "CARDUME" DE MOSQUITOS — 68
 MAIS UMA DO LEO — ESTILO E CORTE — 68
 MAIS OUTRA DO LEO — OS MILHARES DE AMIGOS DO IRIRI — 69
 PEDRO – MEU NETO — 70

DONA DECA — 71

 A BOLA DE CRISTAL ESTAVA QUEBRADA — 71
 OS PANOS DE PRATO — 73
 PASTEL SOCIALIZADO — 74
 MULTIPLICAÇÃO DOS CORAÇÕES DE GALINHA — 75
 AÇÃO SALVADORA — 76
 A FEIRA DA PROVIDÊNCIA É PARA OS FORTES — 77
 PROFESSOR DA FUNDAÇÃO GETÚLIO VARGAS-FGV — 78

CRIANÇAS & COLÉGIO — 81

 A PRIMEIRA CONDUÇÃO NUNCA SE ESQUECE — 81
 AMÉRICA FUTEBOL CLUBE — POR QUE EU JOGAVA LÁ? — 82
 CAMPEÃO DE OLIMPÍADAS — 83

DENTISTAS	84
A MELHOR COISA DO MUNDO, *BY* FELIPE	87
OUTRA DO FELIPE	87
OBEDEÇA, SEMPRE, À SUA MÃE	87
EMPADINHAS DA DONA THEMIS	88
SABATINAS MAIZENA	89
UMA HISTÓRIA PUXA OUTRA	90
PROFESSORAS – MINHA HOMENAGEM A ELAS	91
PRIMEIRA BICICLETA	92
A IMPORTÂNCIA DA PREPOSIÇÃO	93
NÃO EXISTE IDADE PARA SER ESTUDANTE	95

AMIGOS — 97

A DIFERENÇA QUE FAZ UMA LETRA VIZINHA NO ABECEDÁRIO	97
A TERRA DA FESTA DO TOMATE	98
TEMPLO DA SAÚDE	99
MEUS ANJOS DA GUARDA	100
MEU AMIGO CÉSAR GONÇALVES NETO	102
DIA DO AMIGO: 20 DE JULHO	104
DE ONDE VEM A ARROGÂNCIA DA CLASSE DOMINANTE BRASILEIRA?	105
DIALETO FAMILIAR	106
O GIN, BEBIDA MALDITA - 1	108
O GIN, BEBIDA MALDITA - 2	109
RECORDAÇÕES DA PROVENCE	111
VALIDADE DE AMIGO – APRENDIZADO COM ELIO DUMOVIC	112
PROMESSA É PROMESSA	114
AQUELE DINHEIRINHO QUE A MINHA MÃE ME DEU	116

INCRÍVEL & INACREDITÁVEL — 121

A EXUMAÇÃO ESCABROSA	121
A DENTADURA E O CRONÓGRAFO	123
PROTOCOLO PARA URINAR	125
FALTA DE ÁGUA	127
O MISTÉRIO DA QUEBRA DE COISAS INANIMADAS	128
AUTOPROCLAMAÇÃO: VIROU MODA?	130
NUNCA DEIXE UM HOMEM SEM RESPOSTA	132
O BALANDRAU	133
PERDA, ESQUECIMENTO OU ROUBO?	136
PIMENTA × TINTA	138

COM QUANTOS FUROS SE FAZ UM PICOTE DE PAPEL HIGIÊNICO?	139
COM QUANTOS FUROS SE FAZ UM PICOTE DE PAPEL HIGIÊNICO? (CONCLUSÃO)	142
DECEPÇÕES: HALLEY E NEOWISE	143
WHATSAPP FAZ FALTA?	145
ROUPAS HERDADAS	146
O RONCO DO BOI – PESQUISA E "PESQUISA"	147
AZEITONA SEM CAROÇO	149
CERVEJA NA TORNEIRA	150
QUAL A DIFERENÇA ENTRE ESTABACO E CATACAVACO?	152
SEM NOÇÃO – JÚNIOR	154

AGRADECIMENTOS — 157

INTRODUÇÃO

Este livro nasceu como consequência da pandemia de covid-19, quando o confinamento me "obrigou" a escrever, para ocupar os tempos que sobravam.

Então, achei oportuno abrir o livro com o tema, dando o meu depoimento sobre a minha experiência de atravessar período tão fatigante.

Comecei a escrever crônicas que procuravam comentar os acontecimentos ou relacionar eventos atuais com algum fato trazido do fundo das minhas lembranças. E, com muita ironia, eu dizia que a repetição de algumas histórias, com uma nova roupagem, vinha provar que a Terra é redonda, em contraposição aos "famosos" terraplanistas. Sim, alguns (ou muitos?) lunáticos defendiam a teoria da Terra plana. Então, é bom ter em conta que a maioria das histórias ocorreu em momento de negacionismo de parte das mais altas autoridades do país, com repercussão em todo o mundo.

Em algumas crônicas, quando eu estava inspirado, terminava com uma LIÇÃO DO DIA.

Para reunir essas crônicas em um livro, fiz as devidas adaptações e as organizei, sempre que possível, em temas. E cada tema é apresentado em um capítulo.

Todas as histórias aqui contadas são verdadeiras. Os envolvidos citados nominalmente foram consultados e autorizaram a publicação. Quando o envolvido estava em uma situação embaraçosa ou comprometedora (e não pude consultá-lo), utilizei o recurso de usar um nome fictício. Sempre que isso acontece, eu faço menção ao uso de pseudônimo. E, com essa providência, acabei criando uns personagens que já se tornaram conhecidos entre algumas pessoas. É o caso da Marialva e da Margarida, por exemplo. No final do livro, faço meus agradecimentos a esses "anônimos".

E o sentido da palavra VOLTA, que está no título do livro, é uma referência ao retorno à normalidade, após o controle da pandemia.

A PANDEMIA

SARS-COV-2 OU COVID-19 – AVENTURA DE FEVEREIRO DE 2020 A FEVEREIRO DE 2023

O SARS-COV-2 — ou COVID-19, nome atribuído pela Organização Mundial da Saúde (OMS) — foi identificado pela primeira vez em humanos no final de 2019, na cidade chinesa de Wuhan.

Passados três anos do início da desgraceira, vou contar para vocês (pelo menos segundo a minha lembrança) o que aconteceu, comigo, a partir de março de 2020 e a minha visão do que se apresentava ao meu redor.

O ano de 2019 foi muito especial para mim. De julho até dezembro me envolvi intensamente com a preparação da publicação do *75 Amigos – Causos (quase) verídicos*, livro onde conto muitas histórias envolvendo amigos e (quase todas) compartilhadas por mim. A publicação foi a forma escolhida para comemorar os meus 75 anos, completados em fevereiro de 2020. Há algum tempo que eu comemoro alguns aniversários de forma especial, alguns deles definidos por temas. A primeira comemoração foi a de quando fiz 59 anos. Por falta de um tema especial, eu batizei de "Quase 60". Quando, enfim, completei sessenta, eu comemorei a "Terceira Idade". Já podia furar fila de supermercado e pagar meia entrada no cinema. Ao comemorar 65, o tema foi "Passe Livre". Era um sonho meu andar de graça nos ônibus e no metrô do Rio de Janeiro. Aos 70, mesmo sem definição explícita de tema, aconteceu uma feijoada com música ao vivo, distribuição de camisetas alusivas ao evento e realização de um teste (ou *quiz*, para os atualizados), com perguntas relacionadas ao aniversariante e distribuição de livros aos vencedores. O gostoso dessas comemorações está no fato de poder reunir uma centena de amigos e parentes, abrangendo amizades de dezenas de anos.

Voltando à história do *75 Amigos*: em janeiro de 2020, ele ficou pronto. E aconteceram, nas cidades do Rio de Janeiro e de Miguel Pereira, algumas reuniões que eu chamei de "lançamento". Algumas muito sérias, como a que ocorreu na Livraria Aquário, dos amigos Augusto e Glória, em Miguel Pereira. E outras nem tanto, como os lançamentos feitos em botecos (no Pressão Alta, em Miguel Pereira, e no Manoel&Juaquim, no Rio). Eu estava muito entusiasmado com os eventos. Além de poder mostrar a minha "obra-prima", tinha a oportunidade de encontrar alguns amigos, inclusive personagens dos causos ali contados.

Mas (a porcaria do "mas")… alguns fatos anunciavam a vinda de tempos estranhos.

Eu organizei, para o dia 29 de fevereiro (não podia perder a oportunidade de fazer alguma coisa nessa data tão especial), o lançamento do livro no Rio de Janeiro e, em paralelo, estaria comemorando meu aniversário. Já estávamos tomando conhecimento das informações sobre o ataque do vírus em diversas cidades dos EUA e da Europa e, em especial, na Itália. Isso me preocupou um pouco, pois a lista de convidados para um coquetel tinha um número de pessoas que se assemelhava a uma aglomeração: 66 pessoas. O local escolhido foi o salão de festas do Condomínio Parque Laranjeiras, amplo e arejado. Mas as notícias de lá de fora já chegavam por aqui. Este foi o evento mais remoto que relaciono com a covid.

Ainda em comemoração aos 75 anos, para o dia 14 de março, um sábado, eu organizei um churrasco em Miguel Pereira, para os amigos de lá. A lista de convidados previa sessenta pessoas. Mais uma bela aglomeração. Leonardo, meu filho, que é médico, na véspera indagou-me se eu ia mesmo realizar o evento, porque a tal covid já estava fechando cidades na Europa, principalmente na Itália. Eu disse que sim. Respondi sem muita firmeza, mas resolvi correr o risco da aglomeração, porque imaginara que não teria outra oportunidade de realizar essa comemoração. Devo confessar que me bateu uma sensação de culpa. E se alguém ali portasse o tal vírus e fosse transmissor para os outros convidados? Essa preocupação tinha fundamento. Com o passar dos dias, soubemos de diversos casos de pessoas contaminadas por terem participado de uma reunião familiar. Felizmente, o vírus ainda não tinha subido a serra de Miguel Pereira.

Praticamente nada se sabia sobre o tal vírus, e a dor na consciência estava a me martelar. Para a terça-feira seguinte, dia 17, eu tinha agendado um outro lançamento do livro no Clube de Engenharia, no centro da cidade do Rio de Janeiro, com tudo já encaminhado: reserva do salão nobre, divulgação, contratação do bufê, equipamento de som, entre outras providências. Não teve jeito, cancelei. A alternativa era manter o evento e aumentar a minha dor na consciência. Aliás, não cancelei; eu adiei — pois, naquele momento, pelo que se dizia, em seis meses o vírus estaria "dominado". Eu combinei com os organizadores que realizaria o lançamento em setembro. Doce ilusão!

Uma conversa com o Leonardo me fez entrar em desespero. Ele me disse: "Pai, se prepare que a coisa é muito séria. Você ainda vai chorar a perda de gente muito próxima". Detalhe: Leonardo é pesquisador da Fiocruz. Entendia do riscado. E, realmente, perdi amigos e amigos de amigos.

Possuído pelo pavor, na segunda-feira, dia 16, eu e a Stella, minha mulher, tomamos a decisão de suspender as atividades do Carlos Alexandre, o jardineiro, e da Natalina, a diarista, que, em condições normais, iam duas vezes por semana lá em casa. E ficaram sem aparecer até março de 2021.

Com isso, passamos a fazer o papel dos dois: eu virei jardineiro e Stella, diarista. Eu tinha a tarefa de passar o aspirador de pó duas vezes por semana. Stella faxinava os banheiros e a cozinha.

Durante um ano, o isolamento a que nos submetemos foi, posso dizer, total. Não consigo lembrar de alguma coisa que nos obrigasse a sair de casa. Tudo vinha até a nossa porta: supermercado, hortifrúti, restaurante, cabelereiro, manicure. Até a vacina contra a gripe foi aplicada em casa, pela competentíssima Aline, nosso anjo da guarda no Posto de Saúde São Judas. E assistíamos às missas dominicais da Paróquia de Santo Antônio da Estiva transmitidas pela internet, e conduzidas pelo Padre Betinho.

No início, a higienização das verduras era um trabalho hercúleo. Levávamos duas horas para realizar a tarefa. Meia hora de molho na água com cloro. Depois, lavar folha a folha, centrifugar e secar. As frutas e os legumes eram lavados com detergente e secados com um pano de prato.

As compras de supermercado eram higienizadas com álcool gel ou colocadas no sol, por quinze minutos, como alternativa.

A lavagem das mãos tinha um ritual impressionante: a espuma do sabão ou sabonete precisava ser passada nas costas da mão, na palma, entre dedos. Cada dedo recebia uma lavagem individual. Era tocar em um objeto suspeito de contato com o vírus e lá vinha o ritual!

A neura com relação à lavagem de mãos era de tal monta que aconteceu comigo um caso estranho. Eu ligava, com muita frequência, no início da pandemia, para o meu amigo italiano Roberto Roberti. Enquanto, no Brasil, eram registradas cerca de 50 mortes por dia, lá na Itália chegavam a 300. Eu achava um absurdo e, preocupado com meu amigo, estava sempre querendo saber notícias dele. As notícias que vinham de lá eram aterrorizantes: corpos das vítimas de covid sendo transportados em caminhões do exército e enterrados em covas coletivas. Eu mal imaginava que, por aqui, as coisas seriam muito piores. Pois, um dia, depois de me atualizar sobre a situação na Itália, terminei a ligação e fui correndo higienizar as mãos com água e sabão. Só me dei conta quando já estava terminando de lavar as mãos. Pura neura!

É bom lembrar que, no auge da pandemia, tivemos cerca de 4.000 mortos por dia. Era desesperador. Quem seria a próxima vítima?

Em Miguel Pereira, foram criadas barreiras sanitárias e, nas três estradas que ligam a cidade "com o mundo", só era permitida a passagem de moradores ou de quem provasse que trabalhava na cidade em locais com licença para funcionar. Não havia circulação de ônibus nem outro meio de transporte.

Mas o isolamento, definitivamente, não era a melhor forma de viver. Precisávamos inventar alguma coisa para superá-lo. Criei um grupo de WhatsApp para falar com meus filhos diariamente. No início, funcionou bem, mas depois foi se tornando *não natural*. Em compensação, a exacerbação em alguns grupos, no aplicativo, cresceu tanto, que saí de alguns deles — e até mesmo me fez "cancelar" algumas pessoas.

Outra "invenção" foi receber os amigos à distância, em ambiente aberto. Descobri que o vírus não voa. Mantida uma boa distância, os riscos são bem pequenos. A primeira experiência foi uma festa junina com a participação dos vizinhos Leila e William, que ficaram na varanda da sua casa, Antonio Carlos e Dayse, que ficaram na garagem lá de casa, e eu e Stella, que ficamos na nossa varanda. A menor distância entre os casais devia ser uns 12 metros. As comidas, cada um providenciava a sua. E, se alguém tivesse coragem (eu não), que comesse os quitutes do outro. Foi um sucesso.

Passamos a nos reunir com mais frequência, e sempre ao ar livre. Mantendo a distância de cada casal — aí adicionando Hélio e Zuleide como habitués —, trazendo seus talheres e copos e, naturalmente, levando-os sujos de volta para casa. Neste ponto (pelo menos para mim), já era possível se servir das comidas trazidas por outras pessoas. Mas, a cada vez, enxaguava as mãos com muito álcool gel, antes e depois.

Depois de uns meses de confinamento, eu e Stella começamos a fazer aulas de pilates (que estavam suspensas), aos sábados, no quintal lá de casa. A incansável e competente professora Vânia foi (e continua sendo) de um carinho ímpar.

Eu tive a minha angústia reduzida com o carinho que recebi da minha mulher, dos meus filhos e da minha nora. Existiu um entendimento dessa turma que eu, pela idade, era a prioridade. Em tudo. Isto me deu muito conforto e forças para superar o período que faltava para a chegada da tão ansiosamente esperada vacina.

Nos meados de 2020, ocorreu uma situação, no mínimo, inescrupulosa. O governo federal tentou omitir da população dados sobre a pandemia. Foi a maneira que ele entendeu de resolver o problema: com a ignorância da população sobre os fatos. Em junho, foi criado o Consórcio de Veículos de Imprensa, que tinha como missão garantir a transparência das informações relacionadas à covid. Era composto pelas seguintes organizações: *g1, O Globo, Extra, Estadão, Folha de S. Paulo* e *UOL*. Diariamente era feita a coleta, nas secretarias estaduais de saúde, dos números de contaminados e mortos por covid e, ainda, a quantidade de vacinados. No nosso confinamento, tal divulgação era aguardada com grande ansiedade. A torcida para que o número de atingidos pelo vírus caísse e dos vacinados crescesse parecia o acompanhamento de um jogo de futebol. Normalmente, esse anúncio era por volta das 20h.

À semelhança do Consórcio de Imprensa, passei a fazer estatísticas semelhantes com os números da minha cidade — Miguel Pereira —, o que deu origem a uma reflexão, reproduzida mais adiante: para resolver um problema, você deve escolher muito bem a ferramenta a ser utilizada para a solução.

No dia 17 de janeiro de 2021, quando a Anvisa liberou a primeira vacina e a enfermeira Mônica Calazans recebeu a primeira dose, eu estava em prantos diante da televisão ao ver tudo aquilo ao vivo. Mas a angústia ainda ia durar muitos dias, exatos dois meses. No dia 17 de março, eu tomei a primeira dose da Coronavac. Também chorei muito! Tomei a segunda dose no dia 14 de abril de 2021. Ambas no Rio de Janeiro.

Em setembro, ainda de 2021, eu e Stella entramos em Portugal, mesmo com as barreiras sanitárias, com visto especial de pesquisador (ou investigador, como eles chamam), para desenvolver atividades na Universidade de Aveiro. Como a Coronavac não era reconhecida pela Comunidade Europeia, assim que chegamos tomamos duas doses da Moderna, que serviu como reforço da Coronavac. Ainda em Portugal, tomamos a terceira dose de lá, em abril de 2022. Em março de 2023, tomamos a bivalente da Pfizer, em Miguel Pereira. E, para fechar o ciclo (ufa!), em dezembro de 2023 tomamos a segunda dose da bivalente.

Uma coisa que a pandemia trouxe e que foi perdida, irremediavelmente, foram as datas comemorativas que deixaram de ser festejadas. Para os aniversariantes do período, eu sugeria que comemorassem em dobro quando voltasse a "normalidade".

E, numa dessas datas, eu tive uma das maiores emoções, durante a pandemia, relatada em uma crônica. Era dia 8 de agosto de 2020, segundo domingo de agosto, dia dos pais. Reproduzo-a a seguir, da forma como a publiquei no Facebook. Mas não foi a única; a maior emoção de verdade foi o nascimento do Pedro, meu neto, no dia 2 de agosto de 2021. A única dúvida é se a maior emoção foi o nascimento dele ou a notícia da gravidez da Danielle, minha nora. Parada dura!

Algumas coisas ou hábitos acabaram sendo incorporados ao nosso dia a dia. Por exemplo, eu passei a observar de forma mais intensa a natureza que me rodeava: jardim, pomar, o quintal como um todo, enfim.

A Livraria Aquário, dos amigos Glória e Augusto, passou a realizar, diariamente, um leilão virtual de livros. Era uma forma de dar vida à livraria e, também, de interação entre pessoas que, boa parte, não se conheciam pessoalmente. Continuou após a pandemia, mas com uma frequência mais elástica.

Toda a neura pela qual fui "contaminado" valeu. Valeu porque me permitiu sobreviver. Sobrevivi à covid e à estupidez dos (ir)responsáveis pela saúde do Brasil.

E aqui homenageio todas as vítimas — conhecidas ou não —, lembrando o grande amigo César Gonçalves Neto, que não resistiu às sequelas decorrentes da covid.

CUIDADO! NOVO GOLPE NA PRAÇA: O DIA DOS PAIS

(Este causo foi escrito no dia 8 de agosto de 2020, no auge do confinamento)

Algumas pessoas com quem me relaciono sabem da bronca que tenho de mensagens alarmistas e falsas. Sou, inclusive, um ardoroso utilizador do endereço *boatos.org*, onde verifico as falsas mensagens. Quando identifico uma situação dessas (e quase sempre confirmo a minha desconfiança da falsidade), faço o maior alarde sobre a mensagem.

Isto posto, passo a narrar o que aconteceu comigo neste domingo, Dia dos Pais. Não foi com um amigo de um amigo, sobrinho de um vizinho. Foi COMIGO. E serve para alertar a outras pessoas, pois poderia ter acontecido com qualquer um; principalmente com quem é pai. Desculpe se o meu alerta não servir para hoje, mas a lição pode ser útil para o ano que vem.

Para poder contextualizar melhor, preciso informar, para quem não sabe, que moro em Miguel Pereira/RJ, cidade que fica a 110 km da cidade do Rio de Janeiro, onde moram meus filhos. A minha casa está dentro de um condomínio, junto com outras tantas casas, tem portaria 24 horas e segurança em nível bem alto.

O fato: acordei às 7h45min para acompanhar, pelo Facebook, a missa das 8h da Paróquia de Santo Antônio da Estiva, que é transmitida ao vivo. Hoje, além de ser em homenagem ao Dia dos Pais, também era em intenção da alma da minha mãe, cujo falecimento completou dez anos na última quinta-feira. Depois da missa, por volta das 10h15min, o telefone fixo tocou e era da portaria do condomínio, informando que tinha uma entrega de uma cesta de café da manhã para mim. Autorizei a entrada. Mas fiquei pensando com meus botões: que surpresa seria?

A surpresa foi uma das dez maiores emoções que já tive na minha vida. E aí é que vale a experiência que estou passando para vocês: não morra de emoção por causa de uma cesta de café da manhã. E, principalmente, se for uma produção dos seus filhos e nora com entrega ao vivo.

Leonardo e Danielle (filho e nora) montaram a cesta e vieram entregar pessoalmente. Percorreram aqueles 110 km de distância para fazer a surpresa e quase me mataram de emoção. Eles tiveram a colaboração e participação da Daniela (filha) na confecção da cesta. Daniela não veio porque estava resfriada (ela garante que não é covid-19), mas a entrega foi feita ao vivo com todos nós, inclusive Stella (minha mulher), curtindo o conteúdo de primeira ordem.

CORRESPONDENTE ITALIANO

A partir de abril de 2020, comecei a receber notícias daquilo que era publicado, nos jornais italianos, sobre o que acontecia aqui no Brasil, pelo meu amigo romano Roberto Roberti. Eu as divulgava no Facebook, com frequência, para termos uma ideia de como éramos vistos lá fora.

Fez-me lembrar da época em que morei na Itália, nos idos dos anos 1970, quando eu era mais bem-informado pelas notícias que saíam lá do que pelas publicadas aqui, por causa da censura.

Como estávamos mal na fita!!!

A seguir, faço um resumo dessas publicações, em ordem cronológica.

<u>21/04/2020 – IL MESSAGERO</u>

A pior situação é a do Brasil de Jair Bolsonaro. Na semana passada o presidente lançou uma campanha para esconder os perigos do vírus, chegando a demitir o prestigiado ministro da saúde Luiz Mandetta e impedindo o recolhimento de dados sobre a difusão do contágio. O seu negacionismo o isolou e quase todos os governadores dos estados brasileiros assinaram uma carta de repúdio às suas posições. Em resposta, Bolsonaro foi às ruas e tomou parte de uma manifestação de extremistas de direita que pediam um golpe, com o objetivo de retornarem à normalidade imediatamente. Por esta, porém, o Brasil, como o resto do mundo, precisará esperar.

<u>23/04/2020 – IL MESSAGERO (NOTÍCIA COM FOTO DE UMA SÉRIE DE COVAS ABERTAS, EM FORMA DE VALAS COMUNS)</u>

BRASIL — COVAS COMUNS EM MANAUS, O PREFEITO PEDE AJUDA AO G7

ALARME AMAZÔNIA, O VÍRUS FAZ UM MASSACRE

Um alarme humanitário parte da Amazônia brasileira. O prefeito de Manaus, em lágrimas, solicitou a ajuda do governo e do G7 para frear a epidemia que está dizimando a população a uma taxa acima da média nacional, forçando-os a cavar covas comuns nos cemitérios.

04/05/2020 – IL MESSAGERO, DE ROMA

BOLSONARO MINIMIZA, MAS O BRASIL SUPERA A CHINA EM NÚMERO DE MORTOS

O número de vítimas da covid-19, no Brasil, superou a China. São mais de cinco mil mortos pelo vírus letal. No entanto, o presidente Jair Bolsonaro continua na sua linha negacionista. E, assim, no país, a política de contraste no combate ao vírus oscila entre a firmeza de governadores e prefeitos que defendem o lockdown e o ceticismo do governo central.

O novo ministro da saúde, Nelson Teich, foi obrigado a admitir que "a situação está piorando", enquanto Bolsonaro disse a um jornalista, que pedia um comentário sobre o crescimento de mortes e contágios, para calar a boca: "E daí? Me desagrada, mas o que você quer que eu faça? Me chamo Messias, mas não faço milagres".

SEPULTURAS COMUNS

"Estão colocando os caixões um sobre o outro, sem respeito", contou Leonardo Garcia, que, na noite anterior, assistiu ao sepultamento do seu pai [...], cujas imagens rodaram o mundo. Em Manaus, foram realizados 140 sepultamentos, somente ontem, enquanto os dados oficiais falam em 320 sepultamentos por covid-19 desde o início da epidemia. Fica bastante claro que os dados oficiais estão enormemente subestimados em relação à realidade.

10/06/2020

NO MUNDO 400 MIL MORTOS E BOLSONARO MASCARA OS DADOS

O presidente brasileiro (negacionista) bloqueia as informações: números distorcidos

A JORNADA

Primeiro chegaram as acusações aos governadores de "inflarem os dados" sobre o coronavírus, para obterem mais verbas. Depois, dia após dia, era mais substancial o atraso na divulgação dos boletins sobre contágios e mortes. A divulgação foi adiada das 17 horas para as 19 horas, e, enfim, para as 22h. Uma estratégia, nem um pouco sutil, de limitar sua difusão pelos telejornais do início da noite e pelos jornais do dia seguinte. Assim, ontem, quando o site do governo federal estava inacessível por algumas horas, muitos já sabiam como andava a coisa. O governo de Jair Bolsonaro modificou oficialmente a metodologia de contagem dos dados relacionados ao coronavírus. Um passo posterior ao negacionismo, talvez o mais grave, mas certamente não o único, que o presidente brasileiro adotou desde o primeiro momento.

DADOS MUNDIAIS

Quando o coronavírus matava, sobretudo no nosso país [Itália], os números não eram para serem considerados seriamente, porque "a Itália é cheia de velhos, que vivem em aldeias". E, depois, uma linha de decisões discutíveis (que, no

Brasil, foram contestadas largamente): a rejeição ao lockdown, a "batalha" contra os governadores estaduais, a participação em manifestações contra o parlamento e a insistência para o uso de hidroxicloroquina, até um desfile a cavalo, entre os seus seguidores, estilo Kim Jong-un.

E, enquanto as vítimas no mundo continuavam a crescer (ontem superamos 400 mil mortes) e o contágio se difundia em modo exponencial (ontem chegamos a 7 milhões de infectados em nível global, e 2 milhões nos Estados Unidos), Bolsonaro não fez nada. Desprestigiou dois ministros da saúde, forçando suas demissões, e, agora, concorda com uma maquiagem nos dados oficiais.

INFORMAÇÕES "OCULTADAS"

Mas quais são as informações que o governo decidiu ocultar? O novo boletim não informa o total de mortos e infectados, nem a nível estadual nem a nível federal. Não revela o número de mortos dos últimos 3 dias, nem tampouco o total de pacientes curados ou daqueles em observação, e não fornece dados relativos a mortes suspeitas.

O ministério da saúde eliminou, portanto, a computação total do próprio portal e dos boletins, limitando-se a fornecer apenas os dados das últimas 24 horas. O Jornal Nacional — o telejornal da TV Globo, que, para muitos brasileiros, é a principal fonte de informações — anunciou que continuará a contagem autonomamente, recolhendo os dados na base regional e agregando-os para divulgação, com maior transparência. No primeiro dia, com relação aos números do telejornal, o governo divulgou 114 mortes e 3.648 casos a menos.

26/03/2021 – REVISTA *VENERDI*, DO JORNAL *LA REPUBBLICA*

De Daniele Castellani Perelli

SOMOS TODOS ZÉ GOTINHA

Nesta foto tem um boneco (é aquele da direita). Seu nome é Zé Gotinha e é a mascote histórica da vacinação no Brasil. Encontrando-o em dezembro, o presidente Jair Bolsonaro (é aquele da esquerda), antivacinista, tentou estender-lhe a mão [para cumprimentá-lo]. E o boneco recusou. Desde então, está desaparecido. Libera o Zé.
É ELE O BRASIL QUE AMAMOS.

02/04/2021 – REVISTA *VENERDI*, DO JORNAL *LA REPUBBLICA*

"O ÚLTIMO JAPONÊS É BRASILEIRO"

Sob o título acima, a revista *Venerdi* publicou um interessante artigo. Inicialmente, não tinha entendido o seu significado e precisei recorrer ao amigo Roberto Roberti para que me explicasse. Ele me esclareceu que o termo japonês tem, como referência, um kamikaze. E, ao ler o artigo, pode-se entender que o piloto kamikaze é o presidente do Brasil. E o destino desse kamikaze é o mundo.

A coluna, que é assinada por Gurzio Maltese, tem o curioso nome de "Contramão".

A seguir, a tradução desse fabuloso artigo:

Parece um duelo improvável entre um chefe de Estado de grande popularidade, Jair Bolsonaro, e uma menininha sueca de pouca idade, Greta Thunberg. Porém, parece que se está jogando com o futuro do planeta. Os dois outros negacionistas do aquecimento global parecem não mais serem um problema. Donald Trump foi mandado para casa pelo povo americano e substituído por Joe Biden, homem de sensibilidade bem diversa, não só pelo interesse pela ecologia, mas também pelas relações com a Europa. O outro negacionista, Boris Johnson, depois de ficar doente com covid, deu uma grande guinada com relação a vários temas, como, por exemplo, a forte intervenção do Estado na economia do país e uma consistente abertura na política do meio ambiente.

Restaram o húngaro Viktor Orban, que, no entanto, conta pouco para a sorte do mundo, e algum outro caso isolado.

O problema sério é o Brasil, que possui a mais vasta área a ser salva: a maior floresta do mundo e com a maior biodiversidade, a Amazônia.

Um par de anos atrás, Bolsonaro comentou, com relação à jovem ativista sueca: "espanta o volume de cobertura que a imprensa oferece a esta pirralha". Enquanto isso, a "pirralha" alterou os parâmetros das potências mundiais. A sua voz, no famoso discurso da ONU, ecoou mais do que qualquer força da esquerda; e suas intervenções estão mudando o modo de compreender o movimento ecológico desde a Inglaterra até os Estados Unidos.

João Dória, governador do Estado de São Paulo, em recente entrevista a Daniele Mastrogiacomo, no jornal Repubblica, *chama o seu presidente de psicopata e pede solidariedade internacional.*

Jair Bolsonaro expressou apoio à tortura de traficantes; declarou morte, se visse dois homens se beijando; disse que fracassou, no quinto filho, por se tratar de uma mulher; e, em diversas ocasiões, declarou seu desprezo pelos desaparecidos. Um homem assim não pode ter uma função tão importante. Greta Thunberg demonstrou que não é mais possível negar e que a Europa, os Estados Unidos e a China devem olhar para o futuro e não podem voltar ao passado.

08/04/2021 – JORNAL LA REPUBBLICA

BRASIL DE JOELHOS

O título da primeira notícia:

> *Il vírus mette in ginocchio il Brasile. Ospedali in tilt. 4 mila morti al giorno* (O VÍRUS PÕE O BRASIL DE JOELHOS. HOSPITAIS EM TILT. QUATRO MIL MORTOS POR DIA)

Subtítulo:

> *Il negazionismo di Bolsonaro all'origine dela crisi: i contagi non si fermano, i vaccini scarseggiano e le vittime crescono* (O NEGACIONISMO DE BOLSONARO NA ORIGEM DA CRISE: OS CONTÁGIOS NÃO PARAM, AS VACINAS ESCASSEIAM E AS VÍTIMAS CRESCEM)

E A VIDA (E A PANDEMIA) CONTINUA(M)

No início de dezembro de 2021, o ministro da saúde — Queiroga — fez a seguinte declaração: "é melhor morrer a tirar a liberdade das pessoas de decidirem sobre se querem ou não se vacinar", ou qualquer m&rd# parecida.

Na época, registrei a minha indignação:

É isso mesmo?
A morte é a opção à perda da liberdade? Isto vindo de um médico que ocupa o cargo de ministro da saúde é tão absurdo que nem consigo entender.
Estou estupefato! Perplexo! Atônito! Estarrecido! Assombrado! Pasmo!

E, na mesma época, início de dezembro, Portugal divulgava suas providências para o início de janeiro:

> Entre os dias 2 e 9 de janeiro já está programado o que o governo chamou de "semana de contenção". Esse será um período de maior controle das contaminações para permitir a volta às aulas após o recesso escolar de fim de ano. Empresas vão ser OBRIGADAS a adotar o home office para os funcionários, bares e boates VÃO FECHAR e o RETORNO DO PERÍODO LETIVO será adiado em alguns dias, ficando para 10 de janeiro (RFI – *Rádio Francesa de Notícias*, 08 dez. 2021).

Por que será que os portugueses não deixam os seus cidadãos morrerem? Tirar a liberdade deles, assim, sem mais nem menos? (Com MUITA ironia, por favor.)

AGORA TÁ LIBERADO: SOMOS TODOS ECONOMISTAS

Na seção cartas, de 29 de abril de 2021, do jornal *O Globo*, saiu publicada a genial sacada do Dr. Celso Ferreira Ramos Filho, infectologista e professor da Escola de Medicina da UFRJ. Reproduzo.

> Sou infectologista há muitos anos, e não consigo estabelecer diferenças de eficácia entre as diversas vacinas existentes contra a Covid-19, porque a metodologia de seu desenvolvimento não permite esse tipo de comparação.

Após fazer uma pós-graduação em Epidemiologia Clínica, na Austrália, quando cursei uma disciplina de Economia na Saúde, ainda assim não me considerava capaz de emitir opiniões sobre política econômica. Agora, não mais. Depois que o economista Paulo Guedes comparou a vacina chinesa com a vacina americana, julgando melhor essa última, em um palpite infeliz, sinto-me agora capacitado a estabelecer comparações naquela área: na China, a condução da política econômica *é bem melhor do que no Brasil* (Ramos Filho, 2021).

BOA E MÁ NOTÍCIA DO DIA

Em 7 de dezembro de 2020, me deparei com uma notícia espetacular. No dia seguinte, o Reino Unido começaria a vacinação contra a covid. Era um feito digno de muito regozijo. "Estou vendo a luz no fim do túnel!" — dizia eu.

A má notícia (pelo menos, preocupante) é que, no Brasil, ainda não havia sido dada a partida para as providências da vacinação. Como, por exemplo, a compra de seringas. Seria muito triste a vacina estar disponível e não ter seringa para a aplicação.

Com muita ironia, eu afirmava: "Eu já me precavi. Comprei, na farmácia aqui de Miguel Pereira, a minha seringa. Não aceitarei a desculpa de que não me vacinam por falta de seringa. Arrumem outra!".

CORONAVÍRUS – VAMOS LAVAR AS MÃOS

Em março de 2020, ainda não tínhamos entendido o que estava acontecendo com relação à pandemia. Uma notícia dava conta de que americanos formavam filas em lojas, para comprar armas, em função do pânico provocado pelo coronavírus. A notícia informava que a venda de armas tinha subido 68%, desde 23 de fevereiro, liderada pelos estados mais atingidos pela doença (Califórnia, Nova York e Washington). Em alguns casos, as filas chegavam às calçadas.

Em princípio, fiquei sem entender a razão. Seria para abater o vírus à bala?

Mas, ao ler o resto da notícia, vi que havia diversos motivos. Muitos clientes citavam a "proteção da família", no caso de saques durante a pandemia; proteger a sua propriedade e proteger-se de possíveis ataques racistas (um receio da comunidade de origem oriental, já que o epicentro da crise foi a China).

Na época, achei um absurdo o apavoramento dos americanos. Mas, depois da neura que estávamos vivendo (pelo menos, *eu* estava), concluí que a história das armas era café pequeno. Um exemplo do ponto a que cheguei foi aquela neura de lavar a mão quando falava, *pelo telefone*, com meu amigo italiano.

CORONAVÍRUS – LIGUE O VENTILADOR QUE O PROBLEMA SOME

Diante de tantas sugestões para curar os males causados pelo vírus, também dei a minha contribuição. Mas, inicialmente, devo contar que a ideia não é minha e está relacionada a fatos acontecidos há cerca de dez anos.

Não sei se todos se lembram, mas no réveillon de 2010/2011 houve deslizamentos decorrentes de fortes chuvas no sul do estado do Rio de Janeiro, atingindo, principalmente, Angra dos Reis (incluindo a Ilha Grande) e tendo, como consequência, a morte de dezenas de pessoas.

Aqui em Miguel Pereira, a tempestade também foi muito forte, ocorrendo alguns deslizamentos. No terreno vizinho à minha casa, havia uma outra casa, quase pronta. A chuva pegou o muro de arrimo de mau jeito e ele desabou, levando muita lama e pedras para a casa que fica no terreno abaixo. Isto aconteceu no dia 31 de dezembro, quando o dia estava amanhecendo, por volta das 7h. Esse deslizamento produziu um curto (mas forte) som, semelhante a uma trovoada.

Mônica, a Dinda, amiga que estava hospedada aqui em casa, acordou com o barulho e sua providência foi ligar o ventilador na maior velocidade. Passado o susto, ela explicou que achou que o mundo estava acabando e, ao ligar o ventilador, conseguiria se salvar do fim do mundo.

Pegando carona na história, está aí a solução para a cura do corona: liguemos os ventiladores nas suas maiores velocidades!

O CONSUMIDOR NA PANDEMIA

*15 de março — Dia do Consumidor.
(Em março de 2022, foi publicado, no Jornal
Regional, daqui de Miguel Pereira)*

Encontrei, na internet, um artigo de Luiz Alberto Marinho, na página da revista *Mercado e Consumo*, onde ele cita o "momento Kodak". É uma história relativamente conhecida, acontecida há mais de 45 anos. Na Kodak trabalhava o engenheiro Steven Sasson, que, nas suas atividades de pesquisador, criou a máquina fotográfica digital. Sasson levou a sua "invenção" para os seus superiores, que, após analisá-la, consideraram não haver motivos para as pessoas preferirem as suas imagens em tela, com a importante consideração de a Kodak ser referência mundial para fotografias impressas, com a utilização de filmes e a revelação em laboratórios, há mais de cem anos.

Na década de 1980, a Sony lançou a sua máquina fotográfica digital e a Kodak fez um estudo, com os consumidores, cujo resultado indicou que ela teria dez anos para se preparar para a transição de impresso para digital. Mas deixou o tempo passar e não fez algo significativo. Consequência: foi superada e, em 2012, entrou em processo de falência.

Ao ler o artigo, comecei a fazer um paralelo com os dias de hoje: estamos dentro de uma pandemia (espero que no fim dela) e os nossos hábitos foram alterados fortemente.

Como medida de proteção, eu e minha mulher nos "trancamos" em casa, principalmente no ano de 2020, quando ainda não tinha vacina disponível. Desde compras de supermercado e hortifrúti até equipamentos eletrônicos, tudo passou pelo comércio eletrônico. E, como não tive aborrecimentos, tornei-me fã. Hoje, mesmo com o retorno gradual das atividades, continuo a comprar pela internet.

E ainda utilizei, nestes dois anos de pandemia, os serviços de entrega de restaurantes, farmácias e congelados. As raras reuniões na minha casa, com "aglomeração" de quatro a cinco pessoas, foram alimentadas com pedidos de restaurantes da cidade.

E as empresas e o comércio... como estão se preparando para os novos tempos? Perceberam o "momento Kodak"?

Na nossa cidade, Miguel Pereira, foram vários negócios — pequenos e grandes — que fecharam. E aqueles que resistiram... já se deram conta de que o ambiente mudou? Os consumidores, com certeza, mudaram. Eu sou exemplo disso.

OLIMPÍADA NA PANDEMIA

Esclarecimento para a posteridade: a Olimpíada do Japão deveria ter sido realizada em 2020. Só que a pandemia não permitiu e ela aconteceu em 2021. Mesmo assim, com muitas restrições.

Abertura

Quando eu me dei conta de que estava assistindo a um jogo de rúgbi entre as Ilhas Fiji e Quiribati, concluí que esta Olimpíada estava me fazendo muito mal.

Tudo começou na solenidade de abertura. Fiquei esperando a passagem da delegação do Brasil — que, para mim, seria uma das primeiras. Afinal, o "b", de Brasil, está no início do alfabeto. Mas não. No Japão é tudo ao contrário. A "delegação" do Brasil foi uma das últimas a passar. Aliás, "delegação" uma ova: dois atletas. E ainda explicaram que era para poupar, fisicamente, os participantes. Não sei se está dando certo. Neste momento em que escrevo, o time de futebol feminino já pegou o avião de volta para casa. O Baby do judô, idem.

Um ponto extremamente positivo na abertura, para a minha cultura, foi o aprendizado sobre países cuja representação na ONU eu imagino que nem exista. Vanuatu (cuja capital é Porto Vila — eu vi no Google), Tuvalu (capital Funafuti — vocês já imaginaram passar umas férias nesta ilha, junto dos funafutinenses?), Paliquir, Nucualofa (não estou inventando, não; é isto mesmo que vocês leram e "alofa" em tonganês significa "da mãe"), Chade (este eu já tinha ouvido falar), Palau. E os países com nomes que são substantivos: Barbados, Bermudas, Camarões, Peru.

Eu tenho outra bronca: por que o Japão marcou os jogos para a madrugada? Mal consegui ver, ontem, o primeiro set do jogo de vôlei do Brasil contra os Estados Unidos. Quando dormi, já passava de meia noite, e o Brasil perdia por um a zero. Mas, felizmente, quando acordei, descobri que ganhou de virada.

Enfim, estou abrindo mão de acompanhar a loucura dos horários dessa Olimpíada. Estou pessimista e acho que o Brasil não terá resultados como de outras vezes.

De hoje até o fim de agosto, o único esporte que terá a minha torcida será o futebol. Assim mesmo, apenas os jogos do Flamengo — que, nos últimos dias, só tem me dado alegrias.

Origem da Olimpíada

Vocês conhecem a origem da Olimpíada? Vou contar.

Inicialmente, é bom não confundir Jogos Olímpicos (conjunto de esportes disputados a cada quatro anos) com Olimpíada. O período entre os jogos é que se chama Olimpíada.

A Olimpíada tem a ver com os montes do Olimpo, onde moravam os deuses gregos.

Como começaram? Explico.

Naquela época, há zilhões de anos, as cidades-estado que compunham a Grécia viviam em guerra constante por domínio territorial e, principalmente, para escravizar os perdedores. E eram muitas as cidades envolvidas: Minos, Creta, Atenas, Santorini, Mikonos, Knossos. Eram anos seguidos de guerra.

Então alguém teve uma ideia genial: estabelecer uma trégua para descanso. Depois de muita discussão, decidiram fazer essa pequena parada de cerca de um mês, a cada quatro anos. Outro alguém enriqueceu a ideia, propondo que, para não se perder a forma, se fizesse uma disputa entre os estados. Um outro alguém propôs que as atividades de disputa estabelecidas não fossem mortais e que, delas, não houvesse feridos. Foi formada uma comissão, coordenada pelo Barão de Coubertin e por Jean Marie du Havelange. Os esportes foram definidos: cabo de guerra, corrida do ovo, cuspe à distância, corrida no saco (de aniagem) e outros que não estou lembrando.

Como os jogos tiveram origem na morada dos deuses, estes foram convidados para serem juízes. Entre eles, destacavam-se Gilmarmendespoulos, Kassiusnunestakis, Alexandros Moraeskyriakos (este era careca), um de origem romana, o Flavius Dinus (aliás, amigão de Zeus) e outros menos cotados. Presidia o grupo de juízes… Zeus, evidentemente.

Na Idade Média, como os povos continuavam guerreando entre si, foi decidido, pelo Comitê Olímpico Internacional (conhecido como COI pelos íntimos), que, dali pra frente, não haveria Jogos quando houvesse guerra. Deu ruim: os Jogos nunca mais aconteceram. Até 1896, quando voltaram a acontecer, com guerra ou sem guerra, mas em pandemia não.

E chegamos aos dias de hoje.

VACINAÇÃO

(Em 12/06/2020 publiquei o texto a seguir)

Dando continuidade às minhas provas/observações sobre a redondeza da Terra, vou-lhes contar um caso acontecido na década de 1970, mais precisamente no ano de 1975, e que volta a acontecer. Naquela época, o Brasil passou por uma epidemia de meningite meningocócica, que foi ocultada pelos "donos do poder" porque ia contra o "milagre econômico".

A epidemia teve início em 1971 e se prolongou até 1975. A imprensa foi submetida à censura total e não se podia publicar nada sobre o assunto. Se não é noticiado, não existe. Em 1974, a doença totalizava 67 mil casos no Brasil. Um fato curioso é que, no dia 26 de julho desse ano, um texto do jornalista Clóvis Rossi, da *Folha de S. Paulo*, foi censurado e, no espaço reservado ao artigo, publicaram um trecho do poema *Os Lusíadas*, de Luís de Camões.

Quando a informação da existência da epidemia chegou ao público, eu enviei uma carta ao *Jornal do Brasil* (sem saber da censura que acontecia e com a minha tradicional falta de noção), protestando pela falta de vacinas e contestando o ministro da saúde quanto às informações que ele passava para a imprensa, com os devidos filtros. O JB publicou a carta que, com certeza, não foi submetida aos censores.

Agora, em plena pandemia de covid-19, estão os governantes de plantão tentando manipular dados com o mesmo objetivo daqueles tempos da meningite. Ou seja, acabar com o problema, fingindo que ele não existe.

Por enquanto, ainda não temos censura (acho que não...).

O mundo dá voltas. E se repete. Daí a minha quase convicção de que a Terra seja redonda.

Vou repetir o que disse há dois dias:

Não pensei que passaria por outro período de trevas.

COISAS COMPLICADAS[1]

Sou fã da estatística. Apesar de ter tido uma disciplina no primeiro ano da Escola de Engenharia que tratava do assunto, acabei sendo um autodidata e fiz aplicações bastante interessantes no chão de fábrica, em controle estatístico da qualidade (CEQ). Com o passar dos anos, ganhou diversos nomes: CEP (para processos), Seis Sigma e outras tantas. Também ministrei seminários sobre CEP e, como consultor, implantei a metodologia em algumas empresas.

Muito bem, esse lero-lero todo para dizer que, com mais uma das minhas reflexões sobre a pandemia, resolvi copiar o Consórcio de Veículos de Imprensa e preparar os dados estatísticos relacionados à covid-19 da minha cidade, Miguel Pereira.

Aqui, abro um parêntese para explicar que, em Miguel Pereira, o Hospital Luiz Gonzaga (isto mesmo, homenagem ao maior músico nordestino deste país, que por aqui passou em priscas eras) está equipado com setor específico para atendimento de pessoas acometidas por essa desgraça contemporânea — inclusive com dez leitos de UTI, completamente equipados. A administração local tem publicado a situação dos casos de pacientes diariamente. A informação nos traz o número de casos confirmados, o número de pacientes curados, quantos ainda estão internados, em isolamento domiciliar e quantos vieram a óbito.

Com base nessas informações da prefeitura, comecei a preparar gráficos com o número de casos, de óbitos e passei a usar a tal média móvel dos últimos sete dias. Aí que eu me danei! Olhe o acontece com o número de óbitos: nos últimos nove dias, não há registro de nenhum óbito na cidade. Isto é, está estável. Pelo conceito daquele Consórcio, usando a escala de cores que o *Jornal Nacional* apresenta, está amarelo. Quer dizer, apesar de zero óbitos, estamos em situação estável. Sim, porque menos de zero mortes não existe. Também nos

---

1 Texto publicado em 30/07/2020 na página do Facebook do autor.

últimos cinco dias, não há nenhum paciente internado no hospital. Nos últimos seis dias não houve nenhum registro de novos casos. Ao olhar para os gráficos, a coisa começou a ficar confusa na minha cabeça. Mas, antes de desistir, parei para refletir e concluí que estatística só deve ser usada quando essa ferramenta pode ajudar a esclarecer a grande quantidade de números com que nos defrontamos e não números simples como os da minha cidade.

LIÇÃO DO DIA: NÃO USE UMA BAZUCA PARA MATAR UM PASSARINHO. ALIÁS, NÃO USE ARMA NENHUMA — NEM UMA ATIRADEIRA.

FAMOSOS

Eu tive o maior prazer de "escrever" um livro para o meu neto, Pedro, que tem por título *Vô, me conta a sua história?*. A autora, de fato, é Elma van Vliet e contém uma ideia muito interessante. O livro possui uma centena de perguntas, como se estivessem sendo feitas, no meu caso, pelo Pedro. Ao responder a essas perguntas, eu conto a minha vida em detalhes. O resultado é genial.

Uma das perguntas contida no livro é "Você conheceu alguma pessoa famosa? Quem?". Ao responder à pergunta, fui forçado a fazer um exercício que ajudou a elaborar este capítulo.

Obrigado, Pedro, pela oportunidade.

JÔ SOARES — 16/01/1938-05/08/2022

Quando o Jô Soares morreu, alguém comentou que todo mundo tinha (ou tem) um causo para contar relacionado a ele. Pois eu também tenho. Um causo que talvez nem o Jô conhecesse.

No ano de 1985, o empresário Amauri Temporal foi eleito para a presidência da Associação Comercial do Rio de Janeiro (ACRJ). O Amauri morava na rua Bulhões de Carvalho, Copacabana, e, nos fins de semana, frequentava uma rede de vôlei de praia no trecho de Ipanema conhecido como Castelinho. Um dia, o Amauri chegou na praia meio aborrecido e os amigos perguntaram o que tinha acontecido. E ele contou:

"Faz uns dez dias que eu cruzei, no elevador do meu prédio, com um sujeito que me cumprimentou e, ao respondê-lo, comentei que achava que o conhecia de algum lugar e o sujeito me respondeu com um lacônico 'talvez' e, em seguida, desceu no quarto andar. Passaram-se alguns dias e voltei a encontrá-lo; só que, desta vez, na portaria do prédio. A minha curiosidade era grande em descobrir de onde eu o conhecia e, como estava na portaria, pude gastar um tempinho com ele. Perguntei se ele tinha estudado no Colégio Santo Antônio Maria Zaccaria e ele respondeu que não. Fez seus estudos básicos fora do Brasil. Perguntei, então, se ele frequentava a praia e veio nova negativa. Perguntei se ele era empresário e frequentava a ACRJ ou a FIRJAN, Federação das Indústrias. Mais uma negativa. Não aguentava mais de tanta curiosidade e, chegando em casa, comentei com a Ana [Ana Margareta, esposa do Amauri]. Ela deu uma boa gargalhada e me perguntou se eu estava me referindo ao novo vizinho do quarto andar, bastante gordo e muito simpático e elegante. Respondi afirmativamente e ela arrematou: 'É o Jô Soares. E ele só podia estar achando que você estava gozando com a cara dele'. Eu acho que ele é quem estava gozando com a minha cara".

Amauri concluiu assim, garantindo, para quem curtia a sua narrativa, que não mais cumprimentaria aquele vizinho, fosse ele quem fosse.

Comentários:

Quando publiquei este causo na internet, recebi um comentário do amigo Darley Herculano, que reproduzo a seguir.

Também tenho o meu (causo).
A trabalho, fiquei no mesmo hotel que Jô Soares, em Porto Alegre, onde se apresentava. Ao sair para jantar no belo restaurante do hotel, no térreo, descemos, no mesmo elevador, eu, o Jô e uma pessoa da equipe dele que comentou: "Qual o problema, Jô?". Ele respondeu, sem pestanejar: "Pô, estou com uma puta fome e esta é a minha cara de fome".

ZIRALDO, O DESENHISTA MALUQUINHO — 24/10/1932-06/04/2024

Há cerca de dez anos, eu viajava quase todas as semanas por este Brasil afora para ministrar aulas pela Fundação Getúlio Vargas (FGV) e, também, para visitar clientes de consultoria. Era comum encontrar pessoas famosas e conhecidas; sendo algumas até do nosso convívio.

Corria o ano de 2008 (exatamente o dia 16 de julho) e eu estava na sala de espera do aeroporto Santos Dumont (RJ), aguardando meu voo para São Paulo, onde participaria de uma reunião. Quem encontrei? Meu ídolo e padrinho Ziraldo Alves Pinto. Eu o considero meu padrinho porque foi ele quem me deu a primeira oportunidade de publicar cartuns na imprensa brasileira.

Ziraldo também estava embarcando para São Paulo, no mesmo voo que eu. Ele estava indo para o Salão de Humor de Piracicaba. Evidentemente, seria homenageado — mais uma vez — no evento.

Batemos um papo gostoso e fiquei muito feliz quando ele disse se lembrar dos meus cartuns. Não sei se lembrava, mesmo, ou se foi só para me deixar feliz. Pois deixou.

Pedi a ele para confirmar a história contada por Fernando Morais, na biografia do Assis Chateaubriand (*Chatô, o rei do Brasil*, publicado pela Companhia das Letras), de quando o grande chefe dos Diários Associados (internado na Casa de Saúde Dr. Eiras, como consequência de uma trombose) fez elogios rasgados aos cartazes que Ziraldo espalhara, pela clínica, com caricaturas de médicos e enfermeiros. Chatô teria mandado um recado para o Ziraldo, por meio da enfermeira Emília, perguntando se ele não gostaria de trabalhar na revista *O Cruzeiro*. Ziraldo teria gargalhado:

— Diga ao doutor Assis que eu fico muito honrado com o convite, mas explique a ele que eu já trabalho em *O Cruzeiro* há dez anos.

Ziraldo, além de confirmar a história, lembrou de algumas outras. Mas a hora do embarque chegou e me levantei para entrar logo no avião. Ele permaneceu sentado e me explicou que entraria por último, pois tinha o assento 1A reservado para ele. Entrei e procurei a minha poltrona: 26D. Bem lá no fundo — e a razão de escolher o fundo do avião eu já expliquei, em outra ocasião. Está lá no livro *75 Amigos* (Ficou curioso? Compra o livro. Está na página 68). Acomodei-me e peguei a revista de bordo: BRASIL — *Almanaque de Cultura Popular*, editada por Elifas Andreatto, cujo número 111, de julho de 2008, tinha, como assunto de capa, a bossa-nova. Folheei-a, rapidamente, para verificar os outros assuntos quando, na página 17, me surpreendo na seção "O Teco-Teco" com uma homenagem ao Desenhista Maluquinho, o pai do Menino Maluquinho. O procedimento de decolagem ainda não tinha sido iniciado e, imediatamente, levantei-me e fui lá na frente, até onde estava o Ziraldo, levando o meu exemplar do almanaque. Constatei que, do seu lado, nas poltronas 1B e 1C viajavam dois pré-adolescentes, que deviam ter uns dez anos cada um e portavam aquele "discreto" crachá que todo menor de idade carrega quando viaja desacompanhado. Pedi ao meu ídolo que me desse um autógrafo na referida página. Saquei do bolso minha caneta Parker à tinta (que uso até hoje) e lhe entreguei, o que fez com que comentasse, com um ar de gozação:

— Ainda usas isto?

O autógrafo não poderia ser melhor: "Para o Quintella, um abração do velho Ziraldo – 16/7/08".

As duas crianças olhavam para mim e para o Ziraldo, espantadas, como a dizer: "O que estes coroas estão fazendo? Autógrafo? Caneta tinteiro?".

Depois da obtenção do autógrafo e, vendo a carinha dos guris, dirigi-me a eles, dizendo:

— Esse cara é o pai do Menino Maluquinho.

Ao que um deles me respondeu, de pronto:

— Eu bem que estava desconfiado.

E viva Ziraldo, do alto dos seus 90 anos, completados em 24 de outubro de 2022.

ZIRALDO, O PADRINHO

Nos idos de 1967/1968, estudante de engenharia e jornalista, eu trabalhava na revista *O Cruzeiro*. E fazia, como atividade secundária, cartuns para o *Jornal dos Sports* e para o próprio *O Cruzeiro*. O cartunista Luzardo também trabalhava n'*O Cruzeiro* e, um dia, mostrei-lhe uns cartuns que eu tinha feito, com elementos gráficos de engenharia. Ele gostou e me apresentou ao Ziraldo que, por sua vez, prometeu publicá-los. E, assim, aconteceu.

Na edição de 15 de outubro de 1967, no caderno "Cartum", do *JS*, foram publicados sete cartuns com a minha apresentação, feita pelo Ziraldo. Tal apresentação me encheu de orgulho (na verdade, mais vaidade do que orgulho).

Já disse, em outra oportunidade, que tal apresentação deveria fazer parte do meu currículo, principalmente tendo partido de quem partiu. Para quem não a conhece, aí vai:

UM ENGENHEIRO MUITO ENGRAÇADO: QUINTELLA

Quintella é estudante de engenharia, vai daí, um rapaz muito sério. Vai ser engenheiro, entende pra burro de senos e cossenos e, nas horas vagas, é copy desk da revista O Cruzeiro. *De repente, o Quintella descobriu que era humorista e mais do que isto descobriu que tinha alguma coisa diferente para dizer. E da aridez das fórmulas matemáticas, das formas geométricas e dos frios materiais do seu trabalho, ele conseguiu extrair, com a graça que Deus lhe deu, aquela graça que existe em tudo, mas que, no fundo, no fundo, está é dentro de cada um de nós. Às vezes, com essa força do Quintella!*

O Luzardo foi também responsável pelo convite para que eu participasse de um grupo que estava se organizando para fundar um jornal semanal. O valor da cota de participação inviabilizou a minha adesão. Era a criação d'*O Pasquim*. Segui outro caminho.

IMPRESSÃO ÀS AVESSAS

Em janeiro de 2024, terminou a principal novela da *Rede Globo*: *Terra e Paixão*. Nela, há um personagem que me remeteu a um causo que aconteceu há quase 25 anos, lá pelos idos de junho de 1999. O personagem da novela é o Gentil, brilhantemente representado pelo ator Flávio Bauraqui.

Naquela época, eu prestava serviços de consultoria de melhoria de processos para o jornal *O Dia*. Minhas atividades eram desenvolvidas no parque gráfico do jornal, localizado na avenida Suburbana, no Rio de Janeiro. No início do projeto, foi programada a realização de um treinamento para conscientização dos supervisores da área produtiva da gráfica com relação à produtividade e qualidade. A coordenadora de treinamentos do jornal era a Ana Paula, que sempre incluía umas atividades inovadoras nos treinamentos. E, desta vez, ela sugeriu a utilização de uma encenação teatral. Coube a mim discutir, com a diretora da empresa teatral contratada, o tema e a forma da representação. A encenação se daria com um "funcionário" entrando na sala de treinamento, interrompendo a "palestra" que estaria acontecendo e perguntando sobre a atividade. Tudo dando a entender que ele teria aparecido ali por acaso. O "funcionário" era o Flávio Bauraqui.

Ele necessitava se caracterizar como um operador de máquina: uniforme, luvas, abafador acústico. Só que ele precisava de um local discreto para tal incumbência. O local também deveria ser próximo à sala de treinamento, para que o deslocamento fosse o mais curto possível. A solução foi ele se trocar no banheiro anexo à sala. Assim fez. Um detalhe importante: ele deveria entrar com um gigantesco rádio de pilha, colado ao ouvido, tocando um funk.

Enquanto aguardava o sinal combinado para entrar com sua representação, sentou-se no chão. Agora, vocês imaginem a cena. Um funcionário da gráfica, sentado no chão do banheiro, completamente uniformizado, ouvindo um rádio de pilha (gigantesco). O que ninguém esperava, nem o Flávio Bauraqui, era a entrada de alguém para usar o banheiro. Mas isto aconteceu e quem entrou foi o Ailton, o chefe da impressão. Entra no banheiro e se depara com aquela situação. Não teve dúvida, deu a maior enquadrada no artista (sem aspas):

— O que você está fazendo aqui, agora? Levante-se e vá para seu posto de trabalho.

Só restou ao Flávio explicar o que ele estava fazendo ali e pedir para o Ailton fazer "boca de siri".

O Flávio Bauraqui era (e continua a ser) tão bom ator, que conseguiu enganar o seu "chefe".

TOCO

O termo toco pode ser "o que fica, na terra, de uma árvore que se cortou quase rente". Mas não é desse toco que quero falar. O toco ao qual me refiro é aquele usado quando queremos dizer que tomamos "um fora", uma reprimenda, uma bronca, enfim, um esporro de alguém. E, viajando para outros países, é comum tomarmos esses tocos por não conhecermos os hábitos (e, outras vezes, por não conhecermos o jeito das pessoas). E eu tenho uma coleção de tocos.

O PRIMEIRO TOCO A GENTE NUNCA ESQUECE

Uma das lembranças mais remotas que eu tenho foi o toco que levei de meu avô paterno — Vovô Quintella —, quando eu devia ter uns sete anos. Estava na casa dele, na Estrada dos Monjolos, Ilha do Governador, passando um final de semana. Naquela época, o pão que se consumia em casa era do tipo bisnaga (ou bengala ou cacetinha ou baguete, dependendo de onde tenha nascido quem está lendo este causo) e ficava dentro de um saco de pano.

Como era de hábito, na minha casa, quando me deu vontade de comer um pedaço de pão, fui lá no saco e peguei uma bisnaga, arrancando um pedaço com a mão. O tempo fechou.

— Aqui em casa o pão se corta com a faca – disse o Vovô, com um tom de voz que me assustou.

Foi tão marcante que, passados mais de setenta anos, eu ainda me lembro da cena.

TOCO NO BERÇO DE PORTUGAL[2]

Estava eu em Guimarães/PT (atenção: PT não é o partido do meu amigo Guimarães. É a abreviação de Portugal. Eu sei que muitas pessoas, inclusive você que está lendo este causo, sabem disso, mas outro dia alguém, menos atento, pensou que a abreviatura que coloquei depois do nome da cidade de Braga significava que estava me referindo ao núcleo do Partido dos Trabalhadores da cidade)... Puxa... o parêntese ficou tão grande, que vou começar tudo de novo! Lá vai:

Estava eu em Guimarães/PT, junto com Stella, Dilma e Mônica. Nosso objetivo era passear pela cidade a pé e terminar com uma subida ao Santuário da Penha, por meio do teleférico. Mas, logo em nossa chegada a Guimarães, tivemos uma "bela" recepção. Depois de estacionar o carro, fomos começar nossa caminhada e, para tanto, nos deparamos com uma faixa de pedestre (que em Portugal é chamada de "passadeira") que tinha um sinal de trânsito (ou "semáforo"). Estava vermelho, para nós; mas, de forma "natural", não o respeitamos. E, de forma mais natural ainda, um jovem, que

---

[2] Berço de Portugal – os vimaranenses (habitantes de Guimarães) consideram que Portugal tenha nascido ali.

tinha menos da metade de minha idade, deu o maior sermão sobre como respeitar os semáforos. Pois, além do risco de ser atropelado e processado pelo atropelador, corre-se o risco de ter que pagar uma multa (ou "coima", como eles falam).

Felizmente, não fomos atropelados, nem processados, nem pagamos a coima.

TOCO NA VINDIMA

Você sabe o que é a vindima? Literalmente, é a colheita da uva, isto é, o apanha, a recolha da uva. Em um sentido mais amplo, a vindima pode ser entendida como o período que vai da colheita das uvas ao início da produção do vinho.

Ora pois. Em Portugal, a vindima é uma verdadeira festa. Existem muitas excursões turísticas para acompanhar a vindima. Vou lhes contar um causo ocorrido numa dessas excursões, onde o grupo podia até participar da tarefa de amassar as uvas nos tonéis, com os pés. A personagem deste causo é uma amiga aqui de Miguel Pereira. Para facilitar a minha narrativa, vou chamá-la de Marialva.

Marialva chegou na cidade do Porto e contratou uma excursão que subiu o rio Douro de barco até a cidade de Régua, situada na região de Trás-os-Montes. Essa cidade é considerada a capital da região demarcada que produz o famoso vinho do Porto. O pacote era completo: colher as uvas, amassá-las com os pés e participar de um almoço típico, com muito vinho e música da região.

Marialva não se conteve. Colhia os cachos de uva, comia boa parte e depositava alguns no cesto. As uvas estavam docíssimas. Foi quando, ainda com um belo cacho nas mãos (eram tão grandes que era preciso segurar o cacho com as duas mãos), ela "esbarrou" com uma senhora que logo identificou, pela postura e atitudes, como a proprietária do vinhedo. Querendo ser simpática, com um sorriso nos lábios, lhe disse:

— Estas uvas são deliciosas. Vocês também as comem?

A senhora prontamente lhe respondeu, com certo azedume nas palavras:

— Evidentemente que não. Essas uvas são para fazer vinho. Para comer nós compramos no mercado.

TOCO NO SANTUÁRIO

Em maio de 2023, fomos ao Santuário de Fátima (Portugal) e tomei dois tocos no mesmo dia.

Primeiro: toco na parada para fazer xixi

Estávamos na autoestrada, e ainda faltava algum tempo para chegarmos no Santuário. Resolvemos fazer uma parada hidráulica: abastecer o carro, fazer xixi e tomar um café. Na loja de conveniência do posto tinha uma bancada com promoções e eu vi/ouvi uma atendente da loja explicando como funcionava a promoção. Claro que não entendi muito bem e, depois de examinar a bancada, me dirigi à atendente para saber se um determinado salgado fazia parte da promoção e quanto custava. Não me dei conta de que havia um display com a informação de qual salgado fazia parte da promoção e o valor. A atendente não perdeu tempo:

— Este salgado não faz parte da promoção e o preço está no cartaz. É *só* ler. (TOIIIMMM!)

Segundo: toco no restaurante

Depois do toco da parada, fomos para Fátima e, depois da visita ao Santuário, chegou a hora do almoço. Fomos a um restaurante que já conhecíamos e que, além de ter uma comida saborosa, o serviço é quase "fast food". O garçom chegou logo e, de caneta e bloquinho na mão, parecia preparado para as anotações dos pedidos. Eu lhe perguntei:

— Posso fazer o meu pedido?

O toco veio de imediato:

— Se não falares, como posso saber o que queres? (TOIIIMMM!)

TOCO NA QUINTA DO ALFREDO

Alfredo é um querido amigo que nos deixou em abril de 2023.

Na passagem de ano de 2010 para 2011, estávamos eu, Stella e Regina, em Lisboa, hospedados na casa de Alfredo e Leonor, sua mulher. Eles nos convidaram para conhecer a chácara do Alfredo, que ficava perto da Serra da Arrábida. Como estávamos a passear, toda aventura era válida. Na manhã do primeiro dia do ano, lá fomos, os cinco, a caminho da chácara.

A chácara era (e continua a ser) um belo empreendimento. Lá, Alfredo tinha, como carro-chefe, naquela época, a plantação de uvas moscatel para vinho. Também tinha produção de bagaceira, a aguardente tirada do bagaço da uva. Também tinha uma jeropiga caseira. É importante falar um pouco dessa bebida porque eu e o Alfredo tomamos alguns cálices, e tal degustação teve consequências para o nosso passeio. A jeropiga é uma bebida tradicional em Portugal e é preparada quando se adiciona bagaceira ao mosto de uva para parar a fermentação. O resultado é uma bebida mais forte do que o vinho (muito mais), e bem doce.

Quando chegamos na chácara, ficamos encantados com tudo que víamos: as parreiras, as hortas e, em especial, o pomar, onde se destacavam as tangerineiras. Carregadinhas de clementinas. Calma, que já explico: clementina é como os portugueses chamam um tipo de tangerina parecida com a nossa mexerica. Eu endoidei com as tangerinas. Convoquei a Regina para realizarmos uma "colheita". O Alfredo providenciou dois baldes, para que nos aventurássemos na empreitada. E lá fomos nós, para o pomar! Sem muito esforço, enchemos cada um dos baldes em poucos minutos. Eram mais de trinta frutas em cada balde. Voltamos felizes da vida, mostrando nosso "troféu".

Ao entrar no galpão, onde todos estavam, encontramos o Sr. José, o funcionário que cuida da chácara, que, ao ver as frutas no balde, arregalou os olhos e mandou o maior toco:

— Como vocês arrancam as clementinas com a mão? Devem ser cortadas com uma tesoura. Vão apodrecer em menos de 24 horas. (TOIIIMMM!)

Só me restou tomar mais uma jeropiga. Aliás, foram tantas que, na volta para Lisboa, Leonor foi obrigada a tomar a direção do carro, porque Alfredo não tinha condições de dirigir. E eu e Alfredo apagamos e só despertamos quando chegamos em casa.

TOCO NA CONTRAMÃO

Este toco é coletivo.

O rio Douro, em Portugal, separa as cidades do Porto e Vila Nova de Gaia. Ligando as duas cidades existem várias pontes, cada uma mais bonita que a outra. A que destacarei neste causo é a ponte D. Luís I. Abre um parêntese: essa ponte tem variações em torno do nome. Também é chamada de Ponte Luiz I, sem o Dom e com "z" e, ainda, Ponte de Dom Luís. Esta ponte é uma construção metálica, iniciada em 1881 e inaugurada em 31 de outubro de 1886, em arco de dois tabuleiros. Fecha o parêntese.

O toco que vou contar aconteceu em fevereiro de 2017 quando eu, Stella, Hélio Jr., Zuleide e Dilma visitávamos a cidade.

Um dos passeios mais deliciosos de se fazer é chegar no Porto de trem (ou melhor, comboio, já que estamos em Portugal), e ir caminhando pelas ladeiras da cidade, na direção do Douro.

Para quem está passeando na margem do Douro, na região chamada Ribeira, pode-se atravessar para Vila Nova de Gaia (ou, simplesmente, Gaia, para os íntimos) pela... Ponte de Dom Luís I.

Pois bem, naquela visita que o nosso grupo fazia à cidade em 2017, foi essa ponte que definimos para atravessar para Gaia. Abre mais um parêntese: a ponte estava em obras. Aliás, estive de novo lá, em 2023, e continuava em obras. A obra consiste na interdição da pista de automóveis e foram construídas duas passarelas laterais para os pedestres. Uma, à esquerda de quem está no Porto, com mão no sentido para Gaia e a outra passarela, à direita, para quem vem de Gaia para o Porto. Fecha o parêntese.

Para quem estava na Ribeira (ou beira-rio), ao subir a rampa de acesso à ponte, o caminho mais natural seria pegar a passarela da direita. E foi o que fizemos. Pra quê? Imediatamente surgiu um cidadão — que nos enquadrou devidamente:

— Os senhores não estão a ver as indicações de direção? Se faz favor: passem para a outra passarela. (TOIIIMMM!)

Fizemos isso com o rabinho entre as pernas.

TOCO DO GONDOLEIRO

Os amigos Zuleide e Hélio Jr. faziam 25 anos de casamento. Para comemorar, fizemos uma viagem pela Itália, passando por Roma, Florença, San Gimignano, Pisa e Siena, deixando Veneza por último, para retornarmos ao Brasil por Milão.

Em Veneza, caminhávamos à beira de um canal, quando Stella, minha mulher, comentou que já era a segunda vez que ia a Veneza e nunca tinha andado de gôndola. Eu argumentei que um passeio de 40 minutos não ficava por menos de 200 euros, mais de mil reais. Ela comentou, com uma pitada de ironia, que teria que voltar uma outra vez a Veneza para poder andar de gôndola. Isso me calou no fundo da alma. Eu pensei comigo mesmo: nem eu sei se voltarei aqui algum dia.

Um pouco adiante tinha um "estacionamento" de gôndolas e, no nosso pequeno grupo, quando havia necessidade de dialogar com um "local", eu era sempre o escalado. Me dirigi para um gondoleiro e lhe perguntei quanto era um passeio. O valor era realmente alto, mas, com a minha experiência italiana de "contratare" (pechinchar), regateei e o gondoleiro fez por um preço cerca de 30% mais barato. E lá fomos nós andar no tão desejado passeio de gôndola. Mas o Pietro, o gondoleiro, avisou que o passeio, por aquele preço, seria reduzido de 40 minutos para 30 minutos. Ótimo, o negócio não era andar no "barquinho"?

O arranjo dos quatro passageiros na gôndola, feito pelo Pietro, colocou o Hélio e a Zuleide no banco de proa (frente do barco, para quem não entende de náutica), Stella a bombordo (lateral à esquerda do rumo da embarcação), de frente para mim, que estava a boreste. O Pietro ia na popa, "tocando" a embarcação. Eu, com a minha habitual falta de noção, ia falando sem parar. Tomei o primeiro toco: "*Stai zitto*". O que significa "cale a boca", em tradução literal. Os gondoleiros se comunicam por assovios, quando chegam em um cruzamento de canais, para avisar que estão se avizinhando. Se não ouve o sinal, há perigo de as gôndolas se chocarem.

Mas não foi só este toco. Mais adiante, eu fiz menção de me levantar e veio outro toco do Pietro: "*Seduto! Vuoi fare il bagno in mare?*". Ou, em bom português, "Sentado! Quer tomar banho de mar?".

Definitivamente, Pietro não foi muito com a minha cara; acho que foi por causa da negociação do preço.

FILHOS & ENTEADA & NORA & NETO

Este capítulo é dedicado aos causos dos meus filhos Daniela e Leonardo, à minha nora Danielle, ao meu neto Pedro, filho de Leonardo e Danielle, e à minha enteada Regina.

ANJO DA GUARDA

Não sei se vocês acreditam em anjo da guarda, mas há momentos em que só acreditando, para explicar algumas situações.

Há pessoas que obrigam o anjo da guarda a ganhar hora extra e até mesmo insalubridade. A minha enteada, Regina — ou Rê, para os íntimos — é uma dessas pessoas. São inúmeros os exemplos de ações do anjo da guarda dela, nos quais ele providencialmente se fez presente. Mas vou me deter a duas situações ocorridas em 2015, quando ela estava morando em Salvador/BA, fazendo o curso de Engenharia de Produção de Petróleo, da Petrobrás.

Em determinado sábado daquele ano, era o casamento de uma das suas inúmeras melhores amigas, em Belo Horizonte. Pesou todos os prós e contras e decidiu comparecer. Na segunda-feira ela teria uma prova do curso, então, teria que fazer uma viagem curta e rápida.

Como todos aqueles que têm um bom anjo da guarda, ela não simplificou os planos. Pelo contrário, resolveu passar pelo Rio de Janeiro, por umas horinhas, matando as saudades da mãe. Então, seu roteiro de viagem ficou assim: saída na sexta-feira, de Salvador; pernoite no Rio; casamento, no sábado, em Belo Horizonte; e retorno no domingo, direto para Salvador.

Primeira aparição do anjo da guarda: em Salvador, no embarque para o Rio, enquanto aguardava a chamada do seu voo, Regina ficou concentrada, estudando a matéria da prova de segunda-feira, em sua apostila. De repente, ouviu o sistema de som do aeroporto chamar para o embarque os passageiros do voo para o Rio de Janeiro. Só que havia dois voos para o Rio, da mesma companhia (a Gol), com diferença de 40 minutos entre eles. E, naturalmente, Regina embarcou no voo errado — aquele que sairia mais tarde, e não no que estava se preparando para partir. Chegou a se sentar e acomodar sua mochila debaixo do banco, colocando a apostila no bolsão da poltrona da frente. Não precisou dar muito tempo e o "dono" do lugar apareceu. Chamada a comissária, foi constatado o engano. Regina pegou rapidamente a sua mochila e saiu correndo para tentar pegar o voo certo. Quando chegou no portão de embarque, o avião já tinha fechado as portas. Uma atendente da Gol (representante, na Terra, do seu anjo da guarda) prontificou-se a voltar com ela para aquele primeiro voo e ver se conseguia acomodá-la.

Segunda aparição do anjo da guarda: no trajeto, estava jogada, no chão, a sua carteira de identidade (que, na correria, caiu e ela não viu). Deu um sorriso amarelo, pegou a identidade e colocou no bolso de trás da calça jeans. Mas, finalmente, chegou no avião e conseguiu um lugar para fazer a viagem.

(OBS: para os paulistanos, informo que carteira de identidade é como nós, os cariocas, chamamos o que vocês chamam de RG).

Terceira aparição do anjo da guarda: o passageiro que era "dono" do lugar onde Regina se sentara na sua primeira tentativa de embarque, quando a viu, levantou-se e foi levar a apostila que ela, na pressa da troca de aeronaves, esquecera no bolsão da poltrona da frente.

Ufa! Quanta aventura. Mas ainda não acabou. Anjo da guarda da Regina, nos fins de semana, trabalha dobrado ou triplicado.

Na semana seguinte a essa aventura, Regina recebeu um telefonema de um colega da Petrobrás (mais um representante do seu anjo da guarda), que trabalha em Alagoas, mais precisamente na Base de Pilar, informando que estava de posse de uma carteira que continha documentos, cartões de crédito e o crachá da Petrobrás. Tudo em nome dela.

Como assim? O colega contou: estava em Belo Horizonte, no último fim de semana, visitando a família (ele é mineiro) e, ao pegar um táxi, encontrou a tal carteira no banco. E, por meio do crachá, conseguiu chegar até ela. Combinou com a Regina de enviar por malote para ela, e assim foi feito. Onde entrou o anjo da guarda?

a. Em Belo Horizonte não tem Petrobrás, logo, dois funcionários da empresa se encontrarem, casualmente, SÓ POR OBRA DO ANJO DA GUARDA;
b. Dois funcionários da empresa pegarem o mesmo táxi, em seguida, SÓ POR OBRA DO ANJO DA GUARDA;
c. O colega ter o trabalho de enviar o achado por malote, SÓ POR OBRA DO ANJO DA GUARDA. Ou do seu representante.

TRAVESSIA IPANEMA-ILHAS CAGARRAS

*"Filhos... Filhos?/Melhor não tê-los!/
Mas se não os temos/Como sabê-lo?"
(Vinicius de Morais — Poema enjoadinho)*

Atualmente, há, na família e entre os amigos, uma leva de crianças com idade variando entre um e seis anos. Aí estão, da Família Quintel(l)a, Giulia e Carolina (roraimenses), Mariana e Rafael (netos da Ana Lúcia), Pedro, Rafael, José, Lucas e Gabriel (netos de Claudia Lúcia), Davi e Felipe (netos de Regina), Bento (neto do Wilson) e os capixabas Henrique, Ana Luisa e Felipe. E de amigos: Marina e Joana. Sem esquecer, evidentemente, do Pedro, meu neto.

Pois bem, as mães e os pais acham que, quando essa galera crescer, vai tudo ficar mais tranquilo. Ha-ha-ha! Eu, que tenho filhos com mais de quarenta anos, não quero desanimar ninguém, não, mas, sossego, nunca mais! O causo que vou contar é um exemplo do que estou falando.

Há cerca de dez anos, Daniela (minha especialista preferida em leis) aprendeu a andar de *stand up paddle*. Aquele esporte em que se rema, em pé, sobre uma prancha, parecida com aquelas usadas em surf. Quem a incentivou, no início, foi o primo Beto. O entusiasmo foi grande e, inclusive, quando ia para Iriri (ES), levava a prancha no rack do carro, para praticar nas águas tranquilas do balneário. Ainda se dava ao luxo de levar a sua cadela preferida, a Clara, de carona. E foi ganhando experiência e audácia.

Um dia, Daniela me telefona e diz:

— Pai, eu vou fazer, qualquer dia desses, a travessia de Ipanema para as Ilhas Cagarras, de *stand up*. Se eu ficar com medo de voltar, eu te ligo para você chamar o Corpo Marítimo de Salvamento (CMS) para me resgatar.

Minha resposta foi imediata:

— Ao invés de me telefonar, liga direto para o CMS.

E ainda tentei demovê-la de tal loucura. A distância a ser percorrida era de "apenas" dez quilômetros, em ida e volta, em mar aberto. E fui incisivo:

— Se algum dia for fazer essa besteira, não me avisa com antecedência, por favor. — Isto dito já com muita impaciência, para não dizer coisa pior.

Pois bem, vocês já podem imaginar o que aconteceu: um dia, Daniela me telefona e informa:

— Fiz a travessia! — A voz cheia de emoção.

Quase caí para trás.

— Sozinha? — perguntei.

— Não, tive a companhia do Beto. [Carlos Alberto P. Vaz, seu primo.]

Segundo contou, a ida foi relativamente fácil, mas a volta foi terrível. A correnteza obrigava a remar só de um lado, acarretando o cansaço de um dos braços.

Mas, felizmente, não foi necessária a intervenção do Corpo Marítimo de Salvamento.

LIÇÃO DO DIA: FILHO É BOM, MAS DURA MUITO.
(ESSA FRASE É O TÍTULO DE UMA CRÔNICA DO
MARIO PRATA, QUE VALE A PENA LER.)

(IR)RESPONSABILIDADE

Faz duas semanas aconteceu um fato que, em princípio, me espantou e, depois, me fez refletir sobre o quanto somos responsáveis ou irresponsáveis.

O fato: uma criança foi flagrada, sozinha, na piscina de uma das casas do condomínio onde moro. Deve ter uns sete anos. O detalhe é que a casa é de um condômino que estava ausente e estava fechada. A notícia correu no grupo de WhatsApp e várias opiniões foram externadas. Inclusive a de irresponsabilidade dos responsáveis pela criança. Descobriu-se, depois, que a criança tinha saído de casa sem o conhecimento da mãe, que, por sua vez, estava desesperada à sua procura.

O fato me fez recordar alguns casos relacionados a (ir)responsabilidades, ocorridos há muitos anos, nos quais estive envolvido. Vou contar um deles.

CONTEXTUALIZAÇÃO: eu me considero um pai que foi muito mais amigo dos meus filhos do que pai. Principalmente, no sentido de educador. Eu os tratava como amiguinhos e delegava para a Júlia, mãe deles, o papel de educadora, disciplinadora e coisas do tipo.

FATO: Leonardo, um certo dia (devia ter uns dez anos), chega com o boletim do Andrews, colégio onde estudava, que precisava ser assinado pelo responsável. Aliás, tinha sempre anotações na caderneta por conta da "balbúrdia" que fazia no colégio. Vai até a cozinha, onde a Júlia estava lavando louças, e pede à mãe para ela assinar o boletim. Ela responde:

— Pede ao seu pai, eu estou com as mãos molhadas.

Leonardo respondeu na lata:

— Mãe, não pode. Aqui diz que quem tem que assinar é o responsável.

LIÇÃO DO DIA: NÃO DUVIDE DA CAPACIDADE
DE DISCERNIMENTO DE UMA CRIANÇA.

ou

A SINCERIDADE DE UMA CRIANÇA É MORTAL.

(IR)RESPONSABILIDADE — A REVANCHE

Vou incluir aqui neste capítulo — dedicado a filhos, nora, enteada e neto — um causo relacionado ao meu irmão Luiz Cesar, mas que tem tudo a ver com (ir)responsabilidade. Este causo aconteceu em dois tempos. Vou começar pelo final do causo.

Em 1972, morava em Milão/IT e trabalhava na Alfa Romeo. Lá conheci o jornalista Chico Júnior, que andava atrás de notícias sobre os futuros lançamentos da marca, no Brasil. Ele era correspondente da revista de automóveis *AUTO esporte* e do jornal *O Pasquim* e me convidou para jantar em sua casa. Eu fui com a Júlia, e ele e a mulher nos receberam magnificamente. A conversa, depois do jantar, foi até altas horas. Acabamos por descobrir que fomos contemporâneos no Colégio Souza Aguiar. Também descobrimos que Luiz Cesar, o meu irmão preferido, tinha sido colega dele na Escola Rivadávia Correa, localizada no centro da cidade do Rio de Janeiro. Quantas surpresas agradáveis! Mas não podia ser tudo assim tão tranquilo: o Chico Jr. me revelou um fato que eu desconhecia e que me chocou.

Ele, Luiz Cesar e mais dois alunos tinham jogado o piano da escola pela janela do terceiro andar. Essa parte do causo foi confirmada, parcialmente, por Luiz Cesar, algum tempo depois.

Agora, a primeira parte do causo: dez anos antes, nossos pais moravam em Nova Friburgo (RJ), pois papai se recuperava de uma cirurgia pulmonar muito braba e precisava morar em local com ar puro. Nessa época, Luiz Cesar estudava na Escola Rivadávia Correa. Um dia, chega em casa e me diz que o responsável está sendo convocado para comparecer na escola para tratar de assunto disciplinar. Temeroso que viesse a ser desligado e causasse a maior decepção aos nossos pais, me pediu que fosse até lá e tentasse resolver o problema.

Aí vem o tema do nosso causo: a (ir)responsabilidade. Eu não sabia a razão da chamada, mas apresentei-me como responsável por Luiz Cesar, já que nossos pais moravam em outra cidade. A história da doença comoveu a diretora e Luiz Cesar se viu livre do problema. Não me interessei muito em saber detalhes porque o problema estava resolvido. E quem assinou a caderneta? Eu. A mesma pessoa que, mais de vinte anos depois, não assinou a caderneta do filho.

A pergunta que fica: quem foi mais irresponsável? Quem jogou o piano pela janela ou o irmão que deu cobertura ao ato de "balbúrdia"?

LIÇÃO DO DIA: QUEM NÃO TEM APTIDÃO
MUSICAL, ESTUDA ADMINISTRAÇÃO.

NÃO CONFUNDAM *FREE WAY* COM *FREE MOUTH*[3]

Talvez alguns de vocês se lembrem do tempo em que as churrascarias da cidade do Rio de Janeiro davam gratuidade para os aniversariantes. Era só apresentar um documento que provasse comemorar o aniversário naquele dia, e o felizardo não pagava nada. Mas tudo mudou a partir do final do ano de 1993. Como isso se deu?

Explicando: Leonardo entrou para a Faculdade de Medicina da UFRJ em 1993. Lá fez amizade com o Sandro (que, aliás, também tem algumas sacadas dignas de registro). Pois não é que o Sandro faz aniversário em 19 de novembro, no mesmo dia que Leonardo?

Pois bem, depois de quase um ano de convivência diária e uma amizade se consolidando, Leonardo e Sandro resolveram comemorar o aniversário no Hipermercado Paes Mendonça (atual Freeway), na Barra da Tijuca, que tinha uma churrascaria — a Baby Beef — muito sofisticada e que oferecia a tal promoção de aniversário.

Detalhe: eles foram até lá no carro do Sandro, que era um Gurgel BR800 com o "carinhoso" apelido de Estrumóvel, à semelhança do Batmóvel. Mas esse é um causo para outra oportunidade.

Chegaram e foram logo avisando que estavam, os dois, aniversariando naquela sexta-feira e iriam usufruir da promoção. Mostraram suas identidades e se posicionaram para o banquete. O garçom, prevendo a situação, chamou o maître, que lhes deu a maior atenção. Ele trouxe o cardápio e sugeriu o "prato-destaque" do dia. Mas eles pediram que ele deixasse o cardápio, para que pudessem escolher com calma.

Esclarecimento: a churrascaria Baby Beef não tinha rodízio e as carnes eram servidas à la carte.

Não deu outra: a escolha foi feita pela coluna da direita do cardápio. Sandro escolheu um prato de lagosta — o mais caro — e

---

3 *Free mouth* – tradução para o inglês, ao pé da letra, do nosso popular "boca livre".

Leonardo foi no prosaico churrasco duplo completo: boi + porco + acompanhamentos.

Depois de feito o pedido, foi a hora de escolher a bebida. Que chope que nada. Pediram a carta de vinhos (ou ementa, como dizem os portugueses). O maître tentou se antecipar e recomendou um vinho muito bom "da casa". Em vão. Mais uma vez, a escolha foi feita pela coluna da direita.

Ainda teve sobremesa, cafezinho e licor.

Com um pouco de peso na consciência, após o lauto almoço, eles fizeram uma estimativa de quanto daria a conta — se eles fossem pagar — e deixaram os tradicionais 10% de gorjeta.

Antes do término do mês de novembro, uma reunião extraordinária da ABRASEL — Associação Brasileira de Bares e Restaurantes — foi realizada. Por unanimidade, decidiu-se encerrar com a tal promoção de gratuidade para aniversariantes. Agora, de graça, para o aniversariante, só se ele levar mais 25 acompanhantes. Em alguns restaurantes, existe uma variante, para o caso de ter, na mesa, pelo menos cinco comensais: o aniversariante ganha uma fatia de torta.

Aí está a explicação do término da promoção que fazia tanto sucesso trinta anos atrás. E a devida identificação dos culpados.

A ORDEM ALFABÉTICA

Durante a pandemia, no mês de março de 2021, o ministério da saúde estava iniciando o envio de vacinas contra a covid e fez uma baita confusão, ao enviar as vacinas do Amazonas para o Amapá, e vice-versa. Não haveria problema, se não fosse a diferença das quantidades. Pela distribuição que se fazia proporcional às populações de cada estado, o Amapá deveria receber 2 mil doses, e o Amazonas, 78 mil. Fiquei imaginando que o (ir)responsável pela "logística" pegou a lista de estados e fez a confusão. Afinal, Amazonas está coladinho com o Amapá. Não só geograficamente, como também na ordem alfabética.

Pois é, em 2006, Regina, minha enteada, fez vestibular para engenharia. Regina fez prova para a Universidade Federal Fluminense (UFF), para a PUC-RJ, para a Universidade Federal do Rio de Janeiro (UFRJ) e para a Universidade do Estado do Rio de Janeiro (UERJ). Passou em todas elas e acabou optando pela Escola Politécnica da UFRJ (na minha época — e bota época aí — era Escola Nacional de Engenharia da Universidade do Brasil).

Mas vamos ao que interessa. E o que interessa aconteceu na UERJ. Na hora da inscrição no vestibular, o candidato tinha que escolher a unidade onde estudaria, pois a Universidade tem diversos campi espalhados pelo estado do Rio. Dentre as opções estavam: Nova Friburgo, Resende e Rio de Janeiro. E Regina se inscreveu escolhendo o Rio de Janeiro, campus do Maracanã. Afinal, ela morava no Flamengo e essa unidade da UERJ ficava (ainda fica) a 15 minutos de metrô da sua casa.

Saiu o resultado e lá estava: Regina, primeiro lugar do vestibular da UERJ. Lógico que iria para a unidade escolhida. Mas, para sua surpresa, ela estava classificada para Resende. Não adiantou. Estava na sua inscrição. Opção: Resende. Problema de "vizinhança" das opções. Neste caso, apenas na ordem alfabética. Não houve trauma maior porque já estava matriculada na UFRJ.

Mas, espera aí; o causo não acabou aí, não. Passado algum tempo, Regina conheceu, na UFRJ, dois colegas que sofreram as consequências do seu erro. Um deles, quando viu que foi primeiro colocado no Rio, inferiu que tinha sido o primeiro de todo o vestibular. Ledo engano: Regina o derrubou. O outro, aliás, a outra, uma colega, tinha feito a opção por Resende de propósito, para ser primeira em alguma prova. Também foi derrubada pela Regina.

Mais uma consequência: era a primeira vez que um aluno de Resende conquistava o primeiro lugar no vestibular da UERJ. Regina conta que os veteranos da unidade de Resende já tinham até preparado uma recepção especial para aquele "calouro" cabeçudo (o que acabou não acontecendo).

Tem mais: segundo me contaram (não posso revelar a fonte), o prefeito da época, Sílvio Costa de Carvalho, filho de Noel de Carvalho, tinha organizado uma recepção superfestiva, com a banda sinfônica da Academia das Agulhas Negras, na rodoviária de Resende. Também não aconteceu.

"CARDUME" DE MOSQUITOS

Quarta-feira, dia 2 de dezembro de 2020.

No final da tarde, apareceu, aqui em casa, um "cardume" de mosquitos. (Atenção: eu sei que cardume é o coletivo de peixe, mas quero fazer um teste com vocês: sem consultar o Google, me digam qual é o coletivo de mosquito. Uma dica: lembra arquivo da Microsoft.) Como eu ia dizendo, o "cardume" apareceu e foi agressivo. Mas, eu, em um grande ato de bravura, capturei um que acabara de pousar na minha perna, fotografei e imediatamente consultei o Leo. Por que o Leo? Porque, nas pesquisas profissionais dele, existe um relacionamento íntimo com esses bichinhos. Mas eu fiz a bobagem de lhe perguntar se era perigoso. Perguntei-lhe, exatamente, o seguinte:

— Leo, acabei de exterminar este ser. É perigoso?

A sua resposta foi daquelas para entrar no rol das sacadas do Leo:

— Morto, não.

MAIS UMA DO LEO — ESTILO E CORTE

O causo de hoje sai de um caderno, criado em 10 de outubro de 1976, com registros de fatos e curiosidades de meus filhos, até março de 1993.

Aconteceu quando Leo tinha três anos e Dani, sua irmã, quatro. Nessa época, morávamos em Copacabana, na rua Djalma Ulrich.

Estavam os dois brincando no quarto deles e Leo, já naqueles tempos, tinha a capacidade de encher a paciência da Dani (e ela perdia, fácil, as estribeiras). Leo aprontou mais uma e Dani, irritada, fez uma tenebrosa ameaça:

— Leo, eu corto o seu piru!

Com a cara mais lavada e com muita ironia, ele respondeu com uma pergunta:

— Todo ou em rodelinhas?

E a discussão acabou ali.

MAIS OUTRA DO LEO — OS MILHARES DE AMIGOS DO IRIRI

Iriri sempre foi a praia do Leonardo. Desde sempre. Quando entrou na faculdade (lá nos idos de 1993), falava tanto da tal praia de Iriri que ganhou, facilzinho, o apelido de Iriri (aliás, como vários colegas ainda hoje o chamam).

Para os poucos que ainda não sabem, Iriri é uma praia de veraneio, fica no município de Anchieta, no Espírito Santo. Lá ocorrem uns eventos, como boa praia de veraneio, que ficam bastante conhecidos. O principal e, com certeza, mais conhecido é o carnaval. Mas também tem o Festival de Frutos do Mar, que ocorre sempre junto do feriado de 12 de outubro, e outro, tão importante quanto os demais, que é o Encontro dos Amigos do Iriri. Aqui cabe um esclarecimento: o nome Iriri vem de um pássaro e é substantivo masculino. Desta forma, é praia do Iriri e não de Iriri.

Isto posto, no segundo ou terceiro ano da faculdade, o nosso personagem Leonardo foi a um desses eventos dos amigos do Iriri e voltou vestindo uma camiseta onde estava registrado o "IV Encontro dos Amigos do Iriri". Alguns menos atentos ficaram impressionadíssimos com a popularidade do Iriri: "Caraca, o cara consegue realizar reuniões com seus milhares de amigos". E olha que, naquele tempo, não tinha essas modernidades de feicibuque, uatzap e outras milongas mais. Para deixar os colegas ainda mais invocados, ele trazia a foto do encontro...

Comentário

Esta história foi contada, originalmente, no *Jornal Leonardo News*, de 19 de novembro de 2014, comemorativo ao 40º aniversário do Leo.

PEDRO – MEU NETO

Conta Danielle, mãe do Pedro, o seguinte causo, ocorrido quando ele tinha dois anos.

Coloquei a comida do Pedro e a minha. Comecei a dar comida pra ele. Pedro comenta:

— *Mamãe, come a sua comida.*

Danielle argumenta:

— *Pedro, eu estou dando comida pra você. Como é que eu vou comer? Não posso.*

Pedro, o pragmático:

— *Você tem duas mãos.*

(TOIIIMMM!)

DONA DECA

Dona Deca, minha mãe, merece um capítulo especial, pela quantidade de histórias que protagonizou. Na pia batismal, ela recebeu o nome de Fidelina, foi registrada como Fidelina da Silveira Mesquita e, no casamento com meu pai, passou a assinar Fidelina Mesquita Quintella. Mas ficou conhecida, na família e entre os amigos, como Deca ou Dequinha. Entre os sobrinhos, ficou famosa como Tia Deca ou Tia Dequinha.

A BOLA DE CRISTAL ESTAVA QUEBRADA

Quando eu tinha uns oito anos, minha mãe dizia, para mim e para o Luiz Cesar (meu irmão preferido), que ela morreria às 18 horas — ou melhor, na hora da Ave Maria — do dia em que ela completasse cinquenta anos. Ela falava como se fosse a maior glória. Morrer naquele horário, aos 50.

Pelas minhas lembranças, a escolha do horário tinha a ver com sua religiosidade. Essa religiosidade era tanta, que todos os dias nós ouvíamos, às 18h, a Ave Maria, transmitida pela Rádio Tupi, na voz do Júlio Louzada. Ouvíamos e rezávamos junto com o rádio.

E imagino que a idade escolhida era justificada pelo medo de ser atacada por alguma doença que a invalidasse. Ela, com muita franqueza, falava para todo mundo, inclusive para os filhos, que preferia morrer a ficar em cima de uma cama, entrevada. Segundo Luiz Cesar, esse papo de morrer com dia e hora marcada lhe causava enormes angústias e apreensões. Ele pensava: *"Vai que ela tenha mesmo algum 'dom'"*.

Na década de 1950, época desse causo, Dona Deca tinha 37 anos e a expectativa de vida do brasileiro não chegava a 50 anos. Para se ter uma ideia, a expectativa, hoje, é de 79 anos, para as mulheres.

Os anos passaram e ela errou na sua premonição. Talvez para não perder o embalo, ela "propôs" novas datas e errou todas. Acabou optando por curtir a vida, sem nenhuma mazela e completou 94 anos em 2010, quando veio a falecer — e não por vontade própria.

LIÇÃO DO DIA: APESAR DE A MORTE SER CERTA, NÃO SE ACERTA QUANDO ELA VEM.

Ou, se você quiser acertar:

ACORDE TODO DIA E FAÇA TUDO COMO SE FOSSE O SEU ÚLTIMO DIA DE VIDA. UM DIA VOCÊ ACERTA.

OS PANOS DE PRATO

Dona Deca sempre teve muito gosto e aptidão para bordar e fazer crochê. Aliás, quando ainda era solteira, ela foi bordadeira, de carteira assinada, em casa de costura (que, nas décadas de 1930 e 1940, eram muito comuns).

Pois bem, nos seus últimos anos de vida, ela tinha um grande passatempo: comprava panos de prato, já com desenhos pintados, e fazia biquinhos de crochê (bainha), para dar-lhes uma maior beleza.

Ela tinha uma gaveta, na cômoda do seu quarto, com muitos panos de prato. Quando recebia uma visita, ela abria gaveta, puxava um e dava de presente. Se a visita fosse muito querida, podia levar dois ou três.

Em uma visita da neta Daniela, acompanhada do meu irmão Luiz Cesar, meu irmão preferido, a Dona Deca, mais uma vez, abriu a gaveta e presenteou a neta com dois panos de prato. Daniela ficou felicíssima com o agrado da vó. Mas reparou em uma coisa: não registrou nenhum pano de prato em uso, na residência da Dona Deca. E perguntou por que ela não usava o pano que ela mesmo fazia. A resposta foi desconcertante:

— Eles só servem para dar de presente. São muito bonitos, mas não enxugam nada!!!

LIÇÃO DO DIA: FAÇA O QUE EU DIGO, MAS NÃO FAÇA O QUE EU FAÇO. (LEMA PREFERIDO DE DONA DECA.)

PASTEL SOCIALIZADO

Se há uma coisa da qual recordo com a maior saudade, do meu tempo de infância, é o pastel da minha mãe. Dona Deca fazia um pastel de carne que nunca mais encontrei igual.

Uma vez por semana, invariavelmente, tinha pastel. Feito com muito amor. Mas também não tinha sobra; eram contados e divididos irmãmente. Naquele dia, lá nos idos de 1958, eu com meus treze anos e Luiz Cesar, meu irmão preferido, com doze, rolou, no almoço, uma "partida" de doze pastéis (quatro para cada um). Além dos pastéis, só tinha arroz e feijão. Com aqueles pastéis, era um banquete. O macete era comer o arroz com feijão primeiro e deixar os pastéis na borda do prato, para comer como se fosse sobremesa. Luiz Cesar também aplicava esse macete.

Pouco depois de começar, ainda nos inicialmentes do arroz com feijão, a campainha toca e Dona Deca foi até a porta, para ver quem era. Olhou pelo olho mágico e viu que era o tio Moreno, seu irmão, com dois dos seus filhos, Roberto e Jorge. Sacou, imediatamente, a razão da chegada deles àquela hora: vieram filar a boia. Minha mãe gritou para os visitantes antes de abrir a porta: "Esperem que vou pegar a chave". Que chave que nada. Ela pegou, na verdade, os pastéis das bordas e recompôs os doze pastéis em um prato que estava no centro da mesa. Em seguida, abriu a porta e cumprimentou os parentes: "Que bom que vocês chegaram bem na hora que estávamos começando a almoçar. Sentem-se. Temos aqui arroz, feijão e dois pastéis para cada um".

Esta foi uma das maiores lições da minha vida.

LIÇÃO DO DIA: NÃO DEIXE DE APROVEITAR AS DELÍCIAS DA VIDA ASSIM QUE ELAS ESTIVEREM AO SEU ALCANCE.

MULTIPLICAÇÃO DOS CORAÇÕES DE GALINHA

O milagre da multiplicação dos pães é conhecido por muitas pessoas, mas a multiplicação dos corações de galinha... penso que pouquíssimas pessoas conheçam. Vou contar esse milagre.

Há alguns dias, conversando com o Luiz Cesar, meu irmão preferido, eu quis saber por que ele tem tanta ojeriza à moela de galinha. Ele não soube dizer. Mas aprofundamos tão importante tema, ele fez uma regressão e tivemos início, então, a uma sessão de "terapia". Acabamos descobrindo a causa.

Quando tínhamos menos de dez anos, era uma festa quando o almoço era galinha. Naquela época, as galinhas eram criadas no quintal de casa e quem matava as bichinhas era nossa mãe, a Dona Deca. Aliás, os seus casos relacionados com os galináceos são maravilhosos e merecem ser contados aqui, em um futuro próximo.

Por mais incrível que possa parecer, as galinhas lá de casa tinham duas asas, duas coxas, dois pés, um pescoço, um peito. O pescoço ninguém queria, o peito dava pra dividir por dois e as outras partes podiam ficar uma para cada um. Mas, quando chegava no coração, era um problema! Só tinha um e, talvez pelo aspecto emblemático de ser o órgão central da vida, era disputado por nós. Sempre tinha alguém que ficava triste, por não ter sido contemplado. Mas a sábia Dona Deca inventou uma solução espetacular: pegava a moela e esculpia, com rara arte, dois corações. E o milagre estava realizado. Eu, que era muito crédulo, adorava o "coração" de moela, mas Luiz Cesar logo descobriu o engodo e, desde então, passou a detestar moela. E coração, também. Quem se deu bem fui eu. Adoro moela.

AÇÃO SALVADORA

Daniel, filho de Luiz Cesar, meu irmão preferido, faz aniversário no dia 31 de maio. Em 2008, resolvemos levar D. Deca a Vitória/ES, para comemorar os 31 anos do neto. Detalhe importante: seria a primeira vez que D. Deca viajaria de avião. E olha que D. Deca já tinha viajado por esse Brasil afora, inclusive para os estados do Amazonas e do Pará. Sempre por via terrestre. Ônibus, trem e barco.

No dia 30, às 12h, véspera do aniversário do Daniel, estávamos, eu, Stella e D. Deca, na sala de embarque do aeroporto Antonio Carlos Jobim, popularmente conhecido como Galeão, aguardando ansiosos a hora da chamada do voo, que deveria se dar às 13h10min. Mas aconteceu uma coisa que eu nunca vi: caiu um temporal tão violento que o aeroporto foi fechado. O avião que iria nos transportar não pousou e o voo foi cancelado. E ficamos aguardando uma solução. Depois de um bom tempo, fomos informados que seríamos acomodados no voo seguinte. Isto significava embarcar às 17h40min. Paciência. Afinal, passaríamos três dias junto dos filhos, netos, noras, sobrinhos e irmãos.

Preocupados com D. Deca — afinal, ela tinha 92 anos —, solicitamos às atendentes da companhia aérea uma atenção especial com ela, que estava desde o meio-dia no aeroporto. Essa atenção veio na hora do embarque, quando ela pôde entrar na frente de todos os outros passageiros, e, já no avião, ofereceram-lhe um lanche que, segundo a aeromoça, era o lanche que o piloto comeria, mas cedeu para ela. Lembrando que, nesses voos, só serviam (e continuam servindo) um pacotinho de *snacks*.

D. Deca mordiscou o lanche — na verdade, um sanduíche — e deixou de lado. Ao ser perguntada se não estava bom, ela respondeu:

— Acabei de salvar a vida de vocês. Se o piloto tivesse comido esse sanduíche, ia morrer e o avião ia cair.

LIÇÃO DO DIA: MÃE É MÃE. FAZ QUALQUER
SACRIFÍCIO PELOS FILHOS.

A FEIRA DA PROVIDÊNCIA
É PARA OS FORTES

Para quem não sabe ou não se lembra, a Feira da Providência foi criada em 1961 pelo então arcebispo do Rio de Janeiro, Dom Helder Câmara, com a finalidade de arrecadar fundos para o Banco da Providência, uma entidade que se dedicava a ações sociais em áreas carentes da cidade.

A primeira edição foi realizada no Clube Piraquê, na Lagoa Rodrigo de Freitas, e, em anos seguintes, foi para as ruas que contornam a Lagoa. Mas o crescimento da Feira fez com que, a partir de 1978, fosse deslocada para o Riocentro, na região da Barra da Tijuca.

Infelizmente, a pandemia fez com que a Feira fosse suspensa. Desde então, não voltou a ser realizada — e não há previsão do seu retorno.

Mas o que eu quero contar é um causo ocorrido há uns vinte anos, quando D. Deca estava com quase 90 anos.

D. Deca era fã incondicional da Feira da Providência. Só deixava de ir a uma edição se houvesse um motivo muito forte. Enquanto a Feira aconteceu na orla da Lagoa, era relativamente simples ir até lá de ônibus — meio de transporte que ela adorava usar, com a alegação de que sentava na janela e ia apreciando a paisagem.

Eu nunca fui a uma edição da Feira, mas ouvi dizer que você precisava de muita disposição para percorrer uma parte da exposição — e gastar bem umas quatro horas. E, mesmo assim, ficar sem ver muitas coisas.

Mas, no ano do nosso causo, Daniela, minha filha, preocupada com o deslocamento da vó e para lhe dar um pouco de conforto, se ofereceu para levá-la de carro até o Riocentro. E, conforme combinado, passou na casa dela, que ficava na Muda, no bairro da Tijuca, e seguiram para a Feira.

Daniela, com pena do esforço da vó em percorrer os estandes, encurtou a visita e sugeriu irem embora. E assim foi feito.

D. Deca, dando uma de D. Deca, não titubeou. No dia seguinte, pegou um ônibus que passava na porta da sua casa e voltou à Feira. Quando ela contava o que aconteceu, dizia que ficou com pena da Daniela, que demonstrou cansaço e encurtou a visita no primeiro dia e, assim, pôde percorrer a Feira do jeito dela — com calma —, no segundo dia. E saiu de lá com muitos presentes comprados nos estandes estrangeiros. Eu fui agraciado com duas garrafas de licor.

E ela voltou para casa de ônibus, apreciando a paisagem!

PROFESSOR DA FUNDAÇÃO GETÚLIO VARGAS–FGV

Em junho de 2020, ocorreu uma confusão na nomeação do novo ministro da educação, Carlos Decotelli, em função das controvérsias relacionadas ao seu currículo. Ele dizia que tinha doutorado e pós-doutorado e as instituições relacionadas a esses títulos não reconheciam essa situação. No currículo, ele dizia que era professor da FGV e esta instituição dizia, em um comunicado, que "Decotelli nunca fora professor em nenhuma das suas escolas, [...] tendo atuado somente nos cursos de educação continuada e nos programas de formação de executivos". No entanto, Decotelli, como mais de quatrocentos professores, inclusive eu, fazia parte do chamado FGV/Management e saía ministrando aulas, por este Brasil afora, com material identificado como sendo da FGV.

Essa história do ex-futuro-quase-ministro da educação me fez lembrar de um causo que envolve a minha mãe, a fabulosa Dona Deca.

Preciso retornar uns 30 anos, quando deixei de ter vínculo formal com qualquer empresa e passei a atuar como autônomo, ou como acionista de empresas de consultoria. A Dona Deca tinha a maior preocupação comigo, por não ter uma carteira assinada. Ela achava que eu vivia na maior insegurança. E não adiantava explicar a ela que não era bem assim. Por exemplo, quando eu dizia a ela que uma das minhas atividades era ministrar aulas e que elas duravam, cada uma, dois dias, com 16 horas de sala de aula, ela ficava impressionada e me perguntava: "Como você consegue falar dois dias seguidos? Onde você arruma tanto assunto?".

Em 2007, para sorte minha, fui contratado pela FGV, a convite do Prof. Isnard Marshall, para ministrar aulas na graduação do curso de administração. Com carteira assinada. A remuneração era de aproximadamente R$ 60,00 por hora e eu dava quatro horas de aula por semana, ou seja, quase mil reais por mês. O valor maior estava na possibilidade de colocar, no meu currículo, que era professor da FGV. Isto enriquecia meu portfólio para outras atividades que eu desenvolvia como consultor e professor. E, evidentemente, não ser depois questionado se realmente era professor da FGV ou não.

Quando estava com a carteira de trabalho devidamente assinada, em minhas mãos, fui visitar minha mãe e fiz questão de lhe mostrar a carteira. Quando ela viu, deu um suspiro de alívio e afirmou:

— Ainda bem, meu filho. Agora fico tranquila. Você arrumou um emprego.

LIÇÃO DO DIA: MÃE É SEMPRE MÃE!

Comentários

Quando publiquei este causo na internet, recebi alguns comentários, que reproduzo a seguir.

"*Já pode ser ministro*", amiga Cristina Costa. Minha réplica: "*É esta a minha intenção*".

"*Aproveitando a oportunidade, informo que o livro desse famoso autor encontra-se disponível na Livraria Aquário. Aproveitem e façam o pedido antes de ele se tornar Ministro, pois, a partir desse momento, só Deus saberá quanto vai valer um exemplar!*", amigo Augusto Morais, proprietário da Livraria Aquário, em Miguel Pereira.

"*Sabe o que é engraçado, pai? Há trinta anos você tinha a idade que tenho hoje. Pense!*", Leonardo Pereira Quintella (meu filho). Minha réplica: "*Mais engraçado é que daqui a trinta anos você terá a minha idade hoje. Esta informação foi importante para você?*". Tréplica de Leonardo: "*Eu fiz uma reflexão; você, uma conjectura. Foram interessantes, um pouco desconcertantes. Importantes, pois*".

CRIANÇAS & COLÉGIO

A PRIMEIRA CONDUÇÃO NUNCA SE ESQUECE

No retorno às aulas presenciais, depois de quase dois anos de aulas via internet, encontrei o Rudha (leia Rudá), filho da minha fisioterapeuta, e a alegria dele era enorme. A alegria tinha — e tem — vários motivos, mas depreendi que o maior deles está no fato da liberdade dele em ir e voltar para o colégio, de ônibus. Até antes da pandemia, ele e a irmã, Luna, eram levados de carro, pela mãe. Principalmente, pelo fato de o colégio estar em outro município, a mais de 20 km da residência deles.

A notícia da novidade do Rudha me fez lembrar de duas situações semelhantes. A primeira, em 1957, quando eu entrei para o ginásio, no Colégio Souza Aguiar. Eu consegui convencer a minha mãe a ir sozinho para o colégio, que ficava (ainda fica) no centro da cidade do Rio de Janeiro, na rua Gomes Freire, 490. Eu morava no bairro do Andaraí e ia todo dia, para a cidade, de bonde: o famoso (pelo menos para mim) "Andaraí Leopoldo-70". Somente muitos anos depois, eu me dei conta da importância dessa liberdade.

A segunda situação ocorreu nos idos dos anos 1980. Daniela, minha filha, ia começar o ano letivo na sétima série do Colégio Andrews, na praia de Botafogo, e tinha uma condução contratada para levá-la ao colégio. Era uma mãe que prestava o "serviço". O trajeto partia de Copacabana para Botafogo. Primeiro dia de aula, e tudo combinado e acertado. Mas a "motorista" não apareceu, e Daniela não se apertou: foi até a avenida Nossa Senhora de Copacabana e pegou um ônibus. A condução contratada foi cancelada e, assim, o "grito de liberdade" da Daniela foi dado.

Aspecto idêntico nas três histórias: início das aulas.

Cada um de nós deve ter uma lembrança da primeira vez que andou sozinho de condução.

AMÉRICA FUTEBOL CLUBE – POR QUE EU JOGAVA LÁ?

Eu tenho algumas tentativas de trilhar a profissão de desportista.

Eu andei treinando no time da categoria infantil do América, lá pelos idos de 1957, com doze anos. Poderia ter sido um grande craque, colega de Edu Antunes Coimbra, irmão do Zico, mas a experiência não deu certo. Porém, eu tentei. Domingo de manhã, depois da missa, lá ia eu para o treino na rua Campos Sales, onde ficava o campo do América, no bairro da Tijuca. Guardo, até hoje, o som que as travas das chuteiras faziam, quando eu caminhava no chão de cimento, ao sair do vestiário, e me encaminhar para o campo de futebol. Cruzei, algumas vezes, com o goleiro Pompeia, apelidado de "Constellation", pela beleza plástica das suas acrobáticas defesas.

Mas vamos à pergunta em questão: por que eu jogava no América? Resposta: meu pai trabalhava na revista *O Cruzeiro* e era chefe de um departamento da área administrativa (não me pergunte qual departamento, porque não me lembro). Existia um funcionário subordinado a ele que, nos finais de semana, treinava o time infantil. Eis a razão de eu ter ido parar no time. Mas, como eu era muito ruim de bola, o técnico/funcionário recomendou, ao meu pai, que me incentivasse a estudar. Inclusive insinuou que eu, como jogador de futebol, poderia ser um ótimo engenheiro.

CAMPEÃO DE OLIMPÍADAS

É para poucos, mas já fui campeão de jogos olímpicos. Nunca desisti de atingir o profissionalismo nos esportes. Depois do futebol, a nova tentativa foi o basquetebol.

Inicialmente, pergunto: qual o significado de Olimpíada? Eu mesmo respondo, novamente, se você não se lembra: é o período de quatro anos entre a realização de dois jogos olímpicos sazonais. Dois jogos? Sim, porque, a cada dois anos, existe um jogo olímpico diferente: um, de verão, e outro, de inverno.

Pois bem, nos idos de 1958 eu estava no terceiro ano do então curso ginasial. O professor de educação física era o Rudolf Hermanny, e só muitos anos depois vim a saber que ele era campeão brasileiro e pan-americano de judô. A propósito, a família Hermanny tinha um outro campeão, irmão do Rudolf: Bruno Hermanny. Foi bicampeão mundial de caça submarina, nos anos de 1960 e 1963.

Mas, voltando ao professor Rudolf: ele não se limitava às aulas dentro do colégio. E, naquele ano de 1958, organizou uns "jogos olimpícos" entre as turmas do Colégio Souza Aguiar, onde eu estudava. Os esportes eram futebol, basquete e vôlei. A minha turma, o Terceiro Ano A, se inscreveu em futebol e basquete. As disputas ocorreram numa quadra que ficava junto do que é, hoje, o Espaço de Desenvolvimento Infantil Rubem Braga, da Prefeitura do Rio de Janeiro, junto à Paróquia Santa Margarida Maria, na Lagoa Rodrigo de Freitas.

A minha turma foi vice-campeã no futebol, decidindo o título com a turma do primeiro ano científico. Uma covardia, porque, enquanto o mais velho do nosso time tinha catorze anos, os nossos adversários tinham jogadores de até dezessete anos.

Mas a glória maior foi ser campeão na disputa do basquete. Essa vitória me marcou para sempre! Disputamos contra a turma do quarto ano e, deste modo, a disputa foi mais justa. Os jogos eram disputados em dois tempos de dez minutos cada e, ao final de vinte minutos de duríssima "batalha", a minha turma ganhou o jogo por dois a zero, com uma cesta feita por mim. Isto me marcou mais ainda.

LIÇÃO DO DIA: NÃO IMPORTA COMO, O NEGÓCIO É VENCER. (COITADO DO BARÃO DE COUBERTIN!)

DENTISTAS

Quero registrar a minha gratidão aos dentistas que cuidam e cuidaram dos meus dentes nas últimas sete décadas. Evidentemente, não me lembro de todos, mas vou tentar. Porém deixo o registro de que eles são os responsáveis por eu ainda ter todos os meus dentes originais. Aqueles ditos permanentes.

O primeiro dentista de que a minha memória se lembra é o Dr. Sebastião Contrucci. Aqui vale uma explicação mais extensa sobre esse personagem, pelo fato de ter sido marcante, para mim, na minha formação como pessoa. Ele atendia no Sindicato dos Empregados no Comércio do Rio de Janeiro, que fica na rua André Cavalcanti, 33, na cidade do Rio de Janeiro. De certa forma, era uma alegria ir ao dentista. "Mas, como, Odair, alegria ir ao dentista? Explica melhor". Explico.

A minha mãe, a D. Deca, muito ardilosa, combinava comigo e com o meu irmão preferido, Luiz Cesar, que, cada vez que fôssemos ao dentista, poderíamos fazer um lanche, após a consulta, no restaurante do Sindicato. Guardo até hoje o sabor e o visual do lanche: um belo sanduíche de pão com queijo prato e uma chávena ou xícara (não vou explicar a diferença entre esses termos, para não quebrar o embalo da leitura — vai no Google ver a diferença). Puxa, quebrou o embalo! Então, retomando a explicação: guardo o sabor e visual do lanche composto de um belo sanduíche de queijo prato e uma chávena média de café com leite.

O Dr. Contrucci era natural de Conservatória, vila da cidade de Valença/RJ, fato que, de certa forma, nos aproximava ainda mais, pois meus pais, Luiz Cesar e eu tínhamos morado lá, por cerca de dois anos, na virada da década de 1940 para 1950.

Nas eleições de 1966, ele foi eleito deputado estadual pelo extinto Estado da Guanabara. Nessa época, 1966, a ditadura estava engatinhando e armando suas leis de exceção. Para parecer democrático, inventaram uma lei: os governadores seriam eleitos indiretamente pelos deputados estaduais.

O único estado do Brasil em que a oposição, o MDB, tinha maioria na câmara estadual era a Guanabara. Na "véspera" das eleições de 1970, o regime ditatorial tomou algumas decisões para intimidar a oposição, e uma delas foi cassar deputados estaduais. Dr. Contrucci, então no exercício de seu mandato, foi cassado, junto com outros dezesseis deputados. Não adiantou muito, porque o MDB, nas eleições de 1970, voltou a fazer a maioria na câmara de deputados estaduais da Guanabara. E voltou a eleger, indiretamente, o governador Chagas Freitas. Mas as maldades da ditadura não pararam por aí. O castigo para a Guanabara veio a cavalo: fusão com o estado do Rio de Janeiro, com a intenção de diluir a força eleitoral do partido de oposição. Mas isto é outro assunto e, como em um trabalho acadêmico, fica para discussão em futuros trabalhos.

O segundo dentista que cuidou de meus dentes por um bom tempo, quando eu tinha meus 20 anos, foi o Dr. Wilson Santos Rôças, que tinha consultório na rua dos Araújos, na Tijuca (RJ). O Dr. Wilson teve um fim trágico, ao ser vítima de um assaltante que acabara de roubar um *petshop* e se assustou quando o viu entrando na loja. Por ironia do destino, o Dr. Wilson trabalhou por 26 anos no Hospital Miguel Couto e centenas de vítimas da violência no Rio já tinham passado pelas mãos dele. Lá ele ajudou a reconstruir a face de baleados. Sua especialidade era na área bucomaxilo facial.

Depois veio o Dr. Oliveira, que, como sargento do Exército, era cozinheiro na Policlínica Militar do Exército, na rua Moncorvo Filho, no centro da cidade do Rio Janeiro. "Cozinheiro? Como assim?" Explicação que ele dava: enquanto ele fosse cozinheiro e sargento, não seria deslocado para outra cidade, mantendo a sua clínica particular. Na época, eu fumava (portanto, antes de 6 de dezembro de 1996) e adorava um cafezinho. Era padrão do Dr. Oliveira: oferecer um cafezinho após a consulta. Nem de perto chegava aos pés do lanche do Dr. Contrucci.

E o último profissional que cuidou dos meus dentes antes de eu vir para Miguel Pereira foi a Dra. Luciana Antonini, em Copacabana.

Aqui em Miguel Pereira tenho e tive um timaço de profissionais: Dr. Lirton José Araújo de Souza, Dra. Liana de Carvalho Alves e Dr. Jorge Albuquerque. A propósito, na última vez em que estive com o Dr. Jorge para restaurar um bloco (acho que é assim que se fala), comentei sobre uma tática dos dentistas, em geral, que consiste em meter aquela broca no dente e ir perguntando: "Está doendo?". Se respondo que não, a "escareação" continua, até o momento que solto um sonoro "ai". É o instante em que eles procuram uma alternativa. Ora bolas! Por que não usam logo a alternativa?

A MELHOR COISA DO MUNDO, *BY* FELIPE

Felipe é filho da Ana Luísa e neto da Regina (minhas primas). Quando tinha cinco anos, travou o seguinte diálogo com a mãe, que estava preocupada com as atividades dele:

— Felipe, além da natação, o que você quer fazer? Pra mamãe ver uma coisa boa pra você fazer.

Felipe respondeu, do alto da sua grande sapiência:

— Ficar em casa!

OUTRA DO FELIPE

Ele tinha uns três anos quando ganhou um livrinho sobre partes do corpo humano. Ficou interessado e Ana Luísa, sua mãe, o estimulou, explicando que, quando a gente fica doente, vai ao médico, pois o médico estuda muito aquilo.

Dias depois, tinham uma consulta com a pediatra. Ele já tinha pedido à mãe para comprar uma maleta de brinquedo com estetoscópio, seringa, coisas assim, e informou à mãe que ia ser médico.

Chegaram à pediatra e ele, com o livro na mão. Ana Luísa, querendo encaminhar a conversa, pede ao Felipe:

— Filho, fala para a doutora o que você vai ser quando crescer!

Mais uma vez, do alto da sua sapiência, ele é claro e objetivo:

— Vou ser alto!

OBEDEÇA, SEMPRE, À SUA MÃE

Claudia Lúcia, outro dia, estava na casa da Cristiane, sua filha. Em determinado momento, disse que ia trazer, na próxima vez que fosse lá, uma luva refratária para pegar pratos quentes, pois tinha constatado que o que ela tinha não protegia muito.

Cristiane respondeu que não precisava e ainda reclamou alguma coisa. Pedro, de seis anos, filho de Cristiane, argumentou:

— Mamãe, a vó disse que vai trazer e pronto!! Obedeça a ela! Você não diz que eu tenho que obedecer a você? Ela é sua mãe!!!

(TOIIIMMM!)

EMPADINHAS DA DONA THEMIS

Em primeiro lugar, deixa eu explicar que D. Themis era a avó de Leonardo e Daniela, meus filhos. Durante quase trinta anos, desde que nasceram, as férias deles eram na casa da vó, no balneário de Iriri, no Espírito Santo.

Os primos de Vitória, filhos de Luiz Cesar, meu irmão preferido, sempre apareciam por lá para curtir uma minirreunião da família.

Em dezembro de 1987, no sábado dia 12, aconteceu a tradicional visita da turma. Daniel, primogênito dos primos, não voltou com os pais e irmãos para Vitória, pois decidiu passar uns dias com os primos. Na época, Daniel tinha dez anos.

D. Themis tinha, como carro-chefe das suas habilidades culinárias, uma empadinha de camarão, feita com massa bem leve e camarão fresquinho, comprado no arrastão do Mimo. Era a melhor empada do mundo.

Na segunda-feira, depois do banho do mar e antes do almoço, nos foi oferecida uma fornada de empadinhas. E não eram poucas.

Sentados nos degraus da varanda, a comilança começou.

Segundo palavras do Daniel, "D. Themis temia que o Léo ficasse subnutrido... Aí fazia uns rangos bem reforçados... e eu não fazia desfeita...".

Depois de um tempo relativamente curto, Daniel apresentou uma espécie de engasgo e eu lhe perguntei o que estava acontecendo e ele respondeu que estava enjoado. E parou de comer as empadinhas.

Outro dia, perguntei a ele, agora com mais de quarenta anos, se ele se lembrava do episódio.

— Claro! — respondeu-me que aquelas férias foram inesquecíveis para ele. E, defendendo-se, completou:

— Algum tempero ou a azeitona não desceu bem. Mas só percebi depois da 15ª empada.

SABATINAS MAIZENA

Não tenho a menor dúvida de que a Terra seja redonda. Já expressei publicamente, por diversas vezes, esta minha convicção. A Terra gira e as coisas voltam a acontecer com uma nova roupagem. E tive, no domingo passado, mais um exemplo. Estava eu, distraidamente, vendo televisão, quando apareceu um programa chamado "Pequenos gênios", no qual crianças com idades variando entre oito e catorze anos mostram suas habilidades em várias disciplinas.

E não é que eu participei, lá pelos idos de 1959, de um programa da *TV Tupi* chamado "Sabatinas Maizena", no estilo "perguntas e respostas entre alunos das escolas da cidade"?! Como encontrei no Google, o programa era um

> [...] programa infantil muito conceituado, que existiu de 1956 a 1968. Era comum, na época, programas de rádio terem no título o nome do patrocinador. Logo isso chegou à TV (Repórter Esso, Gincana Kibon, Circo Bombril etc.). Educativo, o programa "Sabatinas Maizena" apresentava competição com alunos de escolas públicas e particulares.

Eu estava no 3º ano ginasial do Colégio Souza Aguiar e o professor de matemática fez um teste, entre os alunos da minha turma, para escolher quem iria ao programa. Eu fui o escolhido. O programa era nas tardes das quintas-feiras e lá fui eu, para representar o meu colégio. Era uma disputa entre três competidores. O apresentador fazia as mesmas perguntas para os concorrentes. Depois, pedia que cada um desse a sua resposta. Foi uma experiência maravilhosa. O meu brilhantismo foi digno de registro. Das cinco perguntas feitas, eu acertei uma e fiquei com o glorioso terceiro lugar. Como prêmio, ganhei, do patrocinador, uma flâmula, um vidro de Karo (glicose de milho) e um pacote de Maizena (amido de milho).

Pelo menos não saí de mão abanando!

UMA HISTÓRIA PUXA OUTRA

Luiz Cesar, meu irmão preferido, ao ler a história das Sabatinas Maizena, lembrou-se da nossa participação no "Gessy pergunta até 1.000 discos".

Vale a pena contar.

No início da década de 1960, existia, na *Rádio Guanabara- -1.360KC/S*, um programa chamado "Gessy pergunta até 1.000 discos". Era conduzido pelo Jorge Curi, locutor que também transmitia as partidas de futebol, principalmente do campeonato carioca. O programa era diário. As pessoas se inscreviam por carta, para passar por uma sabatina, com perguntas de conhecimento geral — perguntas relativamente simples. O sabatinado era contactado por telefone pela produção do programa e entrava, ao vivo, para responder as perguntas — cuja dificuldade ia aumentando, à medida que passavam pelas etapas. A primeira pergunta valia 20 discos (78 rotações, sabe lá o que é isso?). Acertou, passava para 50 discos. Depois, 100, 250, 500. E, finalmente, 1.000 discos. Para dar emoção, eram feitas três perguntas em um mesmo dia e, as restantes, no dia seguinte. Se, em qualquer etapa, o sabatinado errasse a pergunta, levava, de consolação, uns discos que representavam cerca de 10% do valor da pergunta.

Como na Sabatina Maizena, não é que eu participei? Eu, junto com o Luiz Cesar, minha mãe e a vizinhança armamos o maior esquema para tomar parte no programa. É bom lembrar que, na época, não existia Google. As nossas armas foram o dicionário do Laudelino Freire (Aurélio também não existia ainda), os livros de história e geografia, usados no colégio, e nada mais. Usamos o telefone de uns vizinhos, Seu Guilherme e Dona Maria, para receber contribuição da nossa "rede". Um dia antes, fomos avisados que participaríamos no programa seguinte e ficamos de plantão. Como nas Sabatinas, a minha participação foi "brilhante".

Pergunta número 1 (não me lembro qual foi): "Goooolaço-aço--aço-aço" (um dos bordões do Jorge Curi).

Segunda, terceira e quarta perguntas (também não lembro quais foram): "Passa de passagem" (outro bordão do Jorge Curi).

Quinta e penúltima pergunta (essa eu me lembro): "Quem foi a segunda mulher de Henrique VIII?". "Errrrrooooouuuuu" (bordão do Fausto Silva). Também não vou dizer a resposta. Hoje, que existe Google, vocês tratem de responder.

De consolação, ganhamos (eu e Luiz Cesar) um monte de discos. Uns 50, que fomos lá na rádio pegar. Pudemos escolher — e até que tinha alguma coisa boa: Vicente Celestino, Dalva de Oliveira, Sílvio Caldas, Nora Ney e Rui Rey, entre outros.

PROFESSORAS — MINHA HOMENAGEM A ELAS

Em outubro de cada ano, há comemoração do dia dos mestres. Não canso de lembrar disso porque eles foram os responsáveis pela minha formação. E destaco, em particular, duas professoras que deram o pontapé na minha jornada.

Professora Lea Veiga, no Instituto Veiga: dava aula no quintal de sua casa, lá na rua Joaquim Rodrigues, em Parada de Lucas. De 1953 a 1954.

Professora Leopoldina: também dava aulas no quintal da sua casa, na rua Ladislau Neto, no Andaraí. Ano de 1956. Preparação para fazer o "vestibular" dos colégios para ingresso no ginásio. Passei para o Souza Aguiar e para o Pedro II. Com muita sabedoria, optei pelo primeiro. Primeiro colégio, bem entendido, o Souza Aguiar (e não para o Pedro I).

OBS.: dúvida: dia dos mestres ou dia dos professores? Qual a diferença?

PRIMEIRA BICICLETA

Minha primeira bicicleta era da marca Mercswiss, aro 24. Foi comprada na Hermes Macedo. Tinha bagageiro, campainha, buzina a pilha e flâmulas triangulares do Flamengo e do Fluminense pregadas no guidão. Era um espetáculo!

Eu tinha doze anos de idade. Meu pai prometeu me dar uma bicicleta no fim de ano, se eu fosse bem na escola. Valia também para meu irmão preferido, Luiz Cesar. Mas, antes de comprar, ele me perguntou se eu sabia andar. Eu fui rápido na resposta:

— SIM!

Nunca tinha subido em uma, antes. Nem de um amiguinho da rua.

Antes do fim do ano, meu pai negociou conosco uma ligeira mudança: em vez de uma bicicleta para cada um, uma bicicleta compartilhada entre os irmãos. Como não me lembrava a razão dessa alteração "contratual", eu perguntei, outro dia, ao Luiz Cesar, se ele se lembrava da razão. Ele me garantiu que "oficialmente" o motivo era para "aumentar o relacionamento entre irmãos"; mas, a realidade — ainda segundo Luiz Cesar — é que "era quase o preço de um carro dito popular". E, na época, não existia 13º salário.

E veio o dia da chegada do presente. Meu pai chegou em casa num carro, com colegas de trabalho, que fizeram questão de participar da "cerimônia" de entrega. Tirou a bicicleta de dentro do carro, botou na calçada, eu corri pra cima dela e... PLAFT. Me estabaquei no chão.

Mas, também, foi o primeiro e último tombo. Me levantei e saí pedalando. Sei lá como, mas saí.

A IMPORTÂNCIA DA PREPOSIÇÃO

Eu sou um observador e, mais do que isso, apreciador de coisa fora do usual. Exemplificando, para ficar claro o que eu quero dizer: ano bissexto — tem que ser festejado. Número primo, aquele que é dividido por um e por ele mesmo — outra coisa especial. Você, que me lê, sabia que o número 2 (isto mesmo, dois) é o único número par que é primo?

Mas a observação que quero fazer, agora, é sobre o uso da preposição: "palavra gramatical, invariável, que liga dois elementos de uma frase, estabelecendo uma relação entre eles" (definição que tirei da internet no site google.com; aliás, é um saco essa necessidade de colocar todas as referências sob o risco de, não o fazendo, tomar um toco).

Se bobearmos, no uso da preposição, o sentido do que queremos expressar muda. Às vezes, de forma dramática. Vou dar um exemplo do que aconteceu comigo: a Stella, minha mulher, me enviou uma mensagem (pelo zap), pedindo para entregar um material à professora Esmeralda, no centro de Miguel Pereira. Fiz a entrega e, para mostrar que sou obediente, cumpridor das minhas obrigações, respondi pelo mesmo canal, o zap. A minha mensagem foi: "Já entreguei à Esmeralda".

Reparem que, se não tivesse usado a crase — que, no caso, representa a contração da preposição "a" com o artigo definido "a" —, o sentido seria outro: eu estaria denunciando a Esmeralda. Ou, como lembrou a minha prima Ana Lúcia, "já entreguei a pedra preciosa [a alguém]".

Um outro exemplo aconteceu há poucos dias, mas tem uma conotação mais triste.

Eu tenho um amigo que mora no Grajaú e é reformado do Exército como tenente-coronel. Vou chamá-lo de Dorival.

Como Dorival vestiu o pijama da reforma relativamente cedo e tinha uma relação de amigos e conhecidos bastante grande, resolveu enveredar pelo caminho da corretagem de seguros, para não ficar totalmente parado, e para completar a sua renda. E está indo de vento em popa.

Ele tem um filho único de 27 anos, o Flavinho, que é nem-nem (nem trabalha-nem estuda) e que, como dizia minha vó Cotinha, é uma dor de cabeça para o meu amigo.

Pois o Dorival resolveu adotar uma medida para atenuar a situação de Flavinho e, por que não dizer, a sua dor de cabeça também. Inventou que precisava dele para administrar e controlar a papelada da sua atividade de corretor. Não consegui saber qual é a remuneração do Flavinho, mas não deve ser baixa não.

Muito bem; e o que tem a ver esta história com a preposição? Vou contar.

Encontrei Flavinho faz uns dias, em uma reunião de amigos, e, conhecendo-o desde pequeno, além de uma questão de solidariedade, perguntei como ele estava (e se estava trabalhando). Ele me respondeu que estava "trabalhando para o pai". A sua resposta me causou uma grande tristeza. Teria sido muito diferente se ele tivesse me dito que estava "trabalhando com o pai". No primeiro caso, a preposição "para" designa SUBORDINAÇÃO e, no segundo, "com" significaria PARCERIA.

LIÇÃO DO DIA: OLHA A IMPORTÂNCIA DA PREPOSIÇÃO!

NÃO EXISTE IDADE PARA SER ESTUDANTE

Outro dia, no grupo da família Quintella, comentava-se sobre voltar a estudar depois de uma certa idade. Isso me fez lembrar o meu retorno, aos bancos escolares, com 59 anos de idade. Foi de 2002 a 2004, para cursar o mestrado de gestão da Universidade Federal Fluminense (UFF). Fazia mais de trinta anos que, como estudante, eu estivera em uma sala de aula.

Eu pude constatar, então, que, quando entramos em uma sala de aula, somos estudantes, seja qual for a idade ou o curso. No mestrado, a postura de muitos de nós era muito parecida com a de estudantes adolescentes. Um exemplo era o trabalho de "resenha crítica", que o professor José Rodrigues nos passava, e que cobrava semanalmente. Tinha aqueles que faziam o trabalho e aqueles que copiavam de quem tinha feito, alterando um pouco. Tinha, também, a velha história de um colega registrar a presença de um ausente.

Um causo dessa época mostra como o comportamento de estudante não tem idade.

Deixa esclarecer uma coisa: o mestrado era dividido em duas partes. Havia aulas das disciplinas que compunham o currículo (com duração de cerca de um ano) e uma outra parte (com duração de, no máximo, um ano) para preparação e defesa da dissertação.

Depois de quase um ano de aulas, já chegando no final da primeira parte, uma das disciplinas era conduzida pelo professor Osvaldo Quelhas (não me pergunte qual era a disciplina, porque não me lembro). Para obter os créditos, precisávamos escrever um artigo. Estou usando o pronome na primeira pessoa no plural porque era trabalho de grupo. Cada grupo podia ser de até três pessoas. Eu e o Jeffrey Hanson já tínhamos realizado alguns trabalhos juntos. E esse seria mais um. O Jeffrey sugeriu que convidássemos a Cida — a Aparecida Laino —, pois ela era de uma dedicação no que fazia (e no que faz até hoje) que nos traria a oportunidade de ter uma nota muito boa. Quem sabe um dez? O convite foi feito e ela concordou em participar no nosso grupo. Era preparar o trabalho e correr para o abraço. Mas eis que surge um fato muito inusitado: o Luiz Brasil, quando soube, "roubou" a Cida do nosso grupo, com a alegação de que ela era "titular" nos trabalhos em que ele fazia parte. Eu e Jeffrey nos conformamos. Naquela altura do campeonato (ou do curso), queríamos que tudo terminasse em paz.

Mas o tal trabalho ainda nos trouxe uma grande surpresa. Demos início à tarefa e estabelecemos uma agenda de umas quatro reuniões, para atingir o nosso objetivo. Eu ia até o escritório do Jeffrey, em Botafogo, por ser mais prático para nós dois.

No dia aprazado para a entrega do artigo, estávamos lá, com o material prontinho. Observação: era em papel, mesmo, porque ainda não estava disseminado o hábito de entrega por via eletrônica.

Ao iniciar a aula, o professor Quelhas, imediatamente após o seu "bom dia", para nosso espanto, nos informou as notas dos trabalhos. Inclusive a nota do nosso.

Mas como assim? Não tínhamos nem entregue o dito cujo.

Eu tinha tirado nota 7 e o Jeffrey, nota 8. Mas como assim? O trabalho tinha sido em conjunto.

Jeffrey esboçou uma indignação e disse que iria reclamar. Ele esperava tirar um dez. Eu o convenci (olha o estudante sem noção aí!!!) a deixar como estava. A nota era suficiente para a obtenção dos créditos e nos liberava para começar a trabalhar na dissertação. E assim foi feito.

LIÇÃO DO DIA: UMA VEZ ESTUDANTE, SEMPRE ESTUDANTE.

AMIGOS

A DIFERENÇA QUE FAZ UMA LETRA VIZINHA NO ABECEDÁRIO

Francisco (Chico, para os íntimos) morava em Copacabana e era noivo da Fernanda (Nanda, também para os íntimos), que morava no Catete. Em um sábado do verão de 2020, eles tinham um compromisso: serem padrinho e madrinha de um casamento no Outeiro da Glória. Chico saiu de casa vestindo o seu melhor terno e pegou um táxi na avenida Nossa Senhora de Copacabana. Disse ao motorista:

— Outeiro da Glória, por favor.

O motorista lhe informou que não sabia onde era. Chico estranhou o fato de o motorista — um senhor de meia-idade — não saber onde era o Outeiro da Glória, considerado um ponto turístico da cidade do Rio de Janeiro. Mas Chico se prontificou a orientá-lo. E acrescentou que precisava ir pela rua do Catete, para pegar uma pessoa depois do Largo do Machado. O motorista acenou afirmativamente com a cabeça e deu um muxoxo. Quando chegaram ao Largo do Machado,

Nanda entrou no táxi. Estava vestida com um exuberante vestido tubinho vermelho, que tinha um decote que deixava à mostra metade dos seus belos seios. Nanda estava exageradamente maquiada; afinal, ela era uma das madrinhas do casamento.

Durante o percurso, Chico tentava puxar assunto com o motorista, mas ele se mostrava, até certo ponto, inamistoso. Falava por monossílabos.

Seguindo as orientações de Chico, finalmente chegaram ao destino, na entrada da Igreja de N. S. da Glória. Quando Chico fez menção de pagar a corrida, o motorista começou a rir. Sem entender nada, perguntou o que estava acontecendo e o motorista explicou:

— O senhor me desculpe. Eu sou evangélico e, quando o senhor deu o destino da corrida, eu fiquei passado. E, no largo do Machado, ao pegar aquela senhora eu fiquei apavorado. Eu tinha entendido que o senhor queria ir para o PUT#%&*EIRO da Glória.

LIÇÃO DO DIA: A LETRA "O" VEM ANTES DO "P" NO ABECEDÁRIO.

A TERRA DA FESTA DO TOMATE

Alguns amigos dizem que eu tenho implicância com Paty do Alferes porque eu questiono a sua denominação de "Terra da Festa do Tomate". Minha desconfiança (ou implicância) vem do fato de eu nunca ter visto um pé de tomate em Paty. Costumo perguntar: "Onde estão os tomates de Paty?". Externo essa minha dúvida já há algum tempo, com diversas pessoas. Sempre procuram me dar uma explicação: "você não foi no lugar certo", "a safra já foi colhida", "o tomate está dando lugar ao maracujá", "hoje os tomates são plantados em estufa" e outras explicações menos convincentes.

Pois bem, no domingo de Carnaval de 2019, em uma feijoada regada a muita cerveja, junto de muitos amigos, voltei a externar a minha desconfiança. E disse mais: que Paty se autoproclama, na verdade, como a cidade da FESTA e não do TOMATE. E o meu argumento está na placa, logo depois do pórtico, que diz "Seja bem-vindo a Paty do Alferes, terra da Festa do Tomate". E não terra do tomate. Depois de uma gostosa discussão (afinal, tinha feijoada e cerveja), foi combinado que, na quinta-feira seguinte, sairia uma caravana em busca dos tomates de Paty. A minha solicitação era de que me mostrassem um único pé de tomate em Paty.

Não acreditava que levassem a sério o combinado, mas, quinta-feira às 10h, estavam todos a postos para a caravana. Éramos seis caravanistas, em dois carros, e lá fomos, a caminho de Paty. Entramos na estrada de chão batido do bairro Maravilha. Nada. Voltamos para o asfalto e fomos até Avelar — 15 quilômetros adiante. E nada. Depois de uma hora e meia de caravana, sem encontrar ao menos um pé de tomate, decidimos cumprir outro combinado no domingo: terminar a busca com cerveja e torresmo. E assim foi. Aqui em Miguel, no Parada Certa.

LIÇÃO DO DIA: UMA HISTÓRIA INVENTADA, DE TANTO REPETIDA, SE TRANSFORMA EM REALIDADE.

TEMPLO DA SAÚDE

Eu frequento um local aqui em Miguel Pereira, faz alguns anos, que, para mim, tem o significado de um templo de saúde. E de reposição da saúde, também. Estou falando do estúdio de pilates da Professora Vânia Bastos.

TEMPLO DA SAÚDE porque as aulas fazem com que tenhamos mais vigor na nossa saúde física. E lá estou, nas duas aulas semanais.

E, como REPOSITOR DA SAÚDE, vou contar para vocês o que já aconteceu comigo. Mais de uma vez, fui acometido de uma forte dor nas costas. Na verdade, naquele lugar em que as costas mudam de nome e alguns chamam de cóccix ou região inferior da coluna vertical. A Vânia, com o carinho que lhe é peculiar, me orienta a fazer uns exercícios de alongamento e, em seguida, realiza uma fisioterapia com um *estimulador neuromuscular transcutâneo* (não fique impressionado, não, eu fui ver na internet o nome do equipamento). Alguns mais íntimos chamam de "tens".

Esse mesmo estimulador foi usado pela Vânia para me reabilitar de um rompimento do manguito rotador (também fui na internet), quando sofri uma queda de doze degraus, em casa. Foi mais demorado, mas não precisei de cirurgia.

Viva a Professora Vânia!

MEUS ANJOS DA GUARDA

Não é só a Regina, minha enteada, que tem anjo da guarda. Eu também tenho alguns.

O meu grande anjo da guarda é a Stella, com quem sou casado há duas décadas. Mas eu prometi a mim mesmo que não contaria nenhum causo dela, para não correr o risco de dar confusão. E vou manter a minha promessa.

Mas tenho dois anjos, pelo menos, que merecem menção especial: Aline Silva e Dr. Jaime Rabacov. São pessoas que conheci há poucos anos, há menos de dez anos. E o que eles têm de especial?

Aline trabalha no Posto de Saúde São Judas, aqui em Miguel Pereira. É Agente Comunitário de Saúde (ACS) e tem a mim e à Stella como seus pacientes. É de um carinho a toda prova. Faz visitas periódicas à nossa casa, para saber como estamos. E, o mais importante: durante a pandemia de covid, batia na nossa porta para saber como estávamos, em função do nosso confinamento. Está sempre nos orientando e informando sobre os cuidados que devemos ter com o nosso cartão de vacinas.

Viva a Aline!

O Dr. Jaime é único. Nunca imaginei que, na etapa da vida em que estou vivendo, fosse encontrar alguém que se interessasse tanto pelos seus pacientes e por mim, em especial.

Sua especialidade é a clínica médica, embora alguns pensem que ele seja infectologista, porque trabalha com HIV, e outros pensem que ele seja pneumologista, pela sua dedicação à área de tuberculose. Para mim, ele é especialista em idosos, e cuidador extraoficial de nossas mazelas.

Que preocupação tem com seus pacientes! Nos cativa. Quando tenho qualquer suspeita de ziquizira ("doença de etiologia desconhecida" — vi na internet) ou pereba, corro a apelar para sua proteção. Mesmo à distância, não há diferença. Como a vez em que estava em Portugal, em 2023, e fui acometido por uma tosse que não me permitia dormir. E, por mais estranho que possa parecer (pelo menos, para mim), a tosse só atacava quando eu deitava. Foram algumas noites dormindo sentado. Com os sintomas que passei para o Dr. Jaime, via WhatsApp, ele recomendou que tomasse um antibiótico. Só que, em Portugal, você não compra um doril sem receita. Aí veio um esforço do Dr. Jaime e da Stella para providenciar que uma amiga levasse o remédio (ela ia, naquele dia, para a cidade do Porto). Na manhã do dia seguinte, Stella foi ao desembarque da amiga e a "salvação" chegou às minhas mãos. O alívio veio em questão de horas.

Não vou contar todas as minhas mazelas, porque vocês vão achar que eu estou muito velho, mas o Dr. Jaime já me acudiu sobre tonteiras eventuais, pernas inchadas devido a intoxicação medicamentosa, dores lombares e… chega.

E viva o Dr. Jaime!

MEU AMIGO CÉSAR GONÇALVES NETO

Já fiz referência ao César no início deste livro. O César foi companheiro do primeiro ao último ano da Escola Nacional de Engenharia (ENE), onde nos formamos. Existe uma passagem inesquecível, de quando ele me visitou, acompanhado da Núbia (sua companheira de dezenas de anos). E um outro causo da época da Escola no qual, além dele, os amigos e colegas Ronaldo Andrade e Orion von Sidow também estão envolvidos.

O César nos deixou no dia 29 de dezembro de 2021, levado pelo maldito coronavírus.

Vivo para sempre em nossa memória!

O sole mio

O César e a Núbia passavam um final de semana em minha casa, em Miguel Pereira/RJ. Na época, eu era professor dos cursos de pós-graduação da FGV e viajava muito por esse Brasil afora. Uma das minhas manias era procurar os mercados municipais das cidades por onde passava para comprar alguma iguaria típica (queijo, doces, rapadura) e, principalmente, cachaça. Porto Alegre tinha sido uma das minhas últimas passagens e, lá no mercado municipal, encontrei uma iguaria que não é muito fácil de encontrar: grappa ou graspa, como dizem os gaúchos — que vem a ser a aguardente feita com o bagaço da uva e que, em Portugal, é conhecida como bagaceira. Tive o maior trabalho para embalar a iguaria para despachá-la, já que não era permitido subir a bordo com ela. Quando cheguei em casa, guardei a garrafa, com bastante carinho, no fundo do armário de bebidas.

Voltando ao início: o César era hóspede na minha casa e, depois do jantar do sábado, rolou um papo que foi regado com a grappa gaúcha. E, como em um desafio, eu colocava um gole da bebida num copinho e puxava um brinde. O César, sem se fazer de rogado, me acompanhava. Em seguida, havia uma inversão de papéis: o César se servia e eu o acompanhava. E essa brincadeira durou um bom tempo. Quando a garrafa estava vazia (já de madrugada), resolvemos fazer, da varanda da minha casa, um dueto de tenores (totalmente desafinados, por falta de qualidade, mesmo; e nem tanto pelo teor alcóolico). E foi de *Il Sole Mio* e tantas outras cancionetas italianas.

No dia seguinte, com noção do que tínhamos feito, o César prometeu me dar, de presente, uma garrafa de grappa. Promessa que cumpriu, fielmente, com uma garrafa de grappa Miolo da melhor qualidade.

Desde então, todas as vezes que nos encontrávamos, o nosso cumprimento era o primeiro verso de *Torna a Surriento*: "Vide 'o mare qunt'è bello..."

E dávamos boas gargalhadas.

A César o que é de César (ou do Orion?)

O causo contado pelo César:

> *No último ano da escola, eu, o Ronaldo e o Orion dividíamos um apartamento no Catete. Nós três trabalhávamos e, também, dividíamos os trabalhos das diversas disciplinas. Um dia, eu chego do trabalho e não tinha o que fazer. Pergunto sobre o trabalho do Prof. Lages (eletrotécnica), feito pelo Orion. Orion me entrega e volta ao que ele estava fazendo. Leio o trabalho e encontro uns pequenos erros. Falo sobre os erros e Orion fica pu@#$%*&to, manda eu corrigir e não encher o saco. Faço, explico para o Ronaldo e Orion não quer nem saber. No dia seguinte, o professor faz a arguição. No fim diz: "Quem fez esse trabalho foi o Sr. César. Parabéns! O Sr. Ronaldo ajudou. Mas o Sr. Orion precisa se dedicar mais. Vou dar um sete, mas, da próxima vez, posso até reprová-lo!".*

Orion queria me bater.

Em 11 de setembro de 2019, Orion tomou conhecimento deste relato que o César me passou e, confome sua característica mais que conhecida de se irritar fácil e rapidamente, respondeu:

> *É ser bem FDP (no bom sentido, é claro). Lembrar de um episódio desses é pura sacanagem. Você, sabedor do meu pavio curto, e eu, sabedor do seu espírito ultracrítico (tipo "sou do contra quase sempre"), era pura nitroglicerina. Você deveria ter insistido mais. Resumindo, tirei apenas sete exclusivamente pela sua falta de dedicação e empenho.*

Coisa boa relembrar os causos de vocês, amigos.

DIA DO AMIGO: 20 DE JULHO

Nos últimos tempos, inventaram cada coisa!

Uma delas, com a qual ainda não me acostumei, é comemorar os meses de vida das crianças logo após o nascimento. É primeiro mesversário, segundo mesversário e assim por diante. Outro dia alguém tentou me explicar que se comemora até a criança fazer um ano. Mas que nada! Já vi gente comemorando o 14º mesversário. Se eu dissesse que escrevi esse comentário às vésperas de completar meu nongentésimo quadragésimo oitavo mesversário (948), ninguém se daria conta do significado disso. Mas, se eu dissesse que estava completando 79 anos, receberia um monte de parabéns.

Outra coisa é a enxurrada de dias comemorativos. Há alguns (muitos???) anos atrás tinha o dia das mães, da criança e do descobrimento das Américas. E chegava. Mas, agora, não. É dia do abraço, dia do beijo, dia disso, dia daquilo. E tem, ainda, os dias dos profissionais. É fisiologista, médico neurocirurgião, engenheiro florestal, advogado criminal, pediatra infantil e vai por esse mundo afora. Eu fico confuso.

Só um exemplo para comentar: em 20 de julho, é comemorado o dia do amigo. Eu, que me considero e me autoproclamo um amigólogo (estudioso de assuntos relacionados a amigos), tenho certa dificuldade de entender o que isto significa, porque é difícil definir amigo. É muito relativo e subjetivo. Por exemplo, no excelente livro *75 Amigos*, que trata do tema, o autor dedica mais de 20% do livro explicando e definindo o que seria "amigo". O autor, em momento de grande lucidez e antevisão, homenageou quase cem amigos, ao contar causos ocorridos com eles. Quer dizer, não é necessário dia específico para homenagear os seus amigos. Todos os dias são dias de amigos.

DE ONDE VEM A ARROGÂNCIA DA CLASSE DOMINANTE BRASILEIRA?

Terminei de revisitar o livro editado pela Codecri[4], em 1979, que traz uma entrevista com Fernando Gabeira, então asilado na Suécia. A entrevista aconteceu em Paris, estando, entre os entrevistadores, Ziraldo (meu "padrinho"), José Maria Rabelo (meu ídolo), Milton Temer, Darcy Ribeiro (gênio), Geraldo Mayrink, Sônia do Amparo e Vilma (mulher do Ziraldo).

Em determinado momento da entrevista (p. 34), Ziraldo joga no ar a seguinte pergunta:

— Quando é que vai acabar o mito da boa índole do brasileiro?

Darcy pega o peão na unha e dá uma resposta genial:

— Boa índole? Pelo contrário. O que há é uma enfermidade social e cultural profunda que precisa ser curada. A explicação que encontro é que a escravidão deforma não só o escravo, transformando-o em

---

4 O livro se chama *Carta sobre a anistia*: a entrevista do Pasquim — Conversação sobre 1968.

coisa. Mas o escravizador — o senhor — que fica podre. A contingência de ter que tratar com um escravo convertido em bicho, em coisa, em propriedade, podendo exercer uma violência total, matando, torturando, castigando, isto deforma também o senhor. A classe dominante brasileira foi cevada nisso e todos nós estamos marcados por essa violência. É muito importante sabermos que nossa luta é contra a injustiça e a brutalidade da nossa sociedade.

Essa entrevista aconteceu em fins de outubro de 1978 e a resposta do Darcy mostra que pouca coisa mudou em quase 45 anos. Até hoje, a casa grande (classe dominante, segundo o Darcy) se sente com o direito de "exercer uma violência total". O pior é que muita gente se considera parte da classe dominante. Basta ter um apartamento em São Conrado e ter um CNPJ de microempreendedor individual, o famoso MEI.

DIALETO FAMILIAR

É comum as famílias usarem, quase como um código, algumas palavras ou frases que quem não for do grupo não vai entender. Para melhor explicar, vou dar dois exemplos: "Sopa Bombril" e "Você nem sabe sambar".

Sopa Bombril

Esta expressão nasceu quando eu devia ter uns oito anos e morava em Parada de Lucas (bairro na cidade do Rio de Janeiro). Um dia, minha mãe, a D. Deca, apareceu com uma novidade no jantar. Naquele dia, constava do cardápio uma saborosa sopa, batizada de "Sopa Bombril". Realmente, a sopa estava uma delícia.

Estava passando uns dias lá em casa a irmã de D. Deca, a Tia Fany, e foi ela quem deu o nome à sopa. Claro que, apesar da pouca idade, eu fiquei curioso de saber a razão do nome da sopa.

As duas irmãs relutaram em explicar, mas, finalmente, sob muitas gargalhadas, renderam-se e contaram o que tinha acontecido. Em determinado momento da preparação da sopa, por um acidente de percurso, a esponja de Bombril caiu dentro da sopa e resolveram "salvar" (não só a esponja, como também a sopa). Retiraram a esponja e serviram a sopa. A partir de então, durante um bom tempo, sempre que uma sopa aparecia na mesa, inevitavelmente, aparecia a pergunta:

— Com ou sem Bombril?

Você nem sabe sambar

São três irmãs: Débora, Dalila e Dominique. As duas primeiras, as mais velhas, têm uma diferença de dois anos entre elas. Dominique, tratada carinhosamente, na família, como Dodô, é a caçula, com oito anos a menos do que as outras (os nomes são fictícios para não comprometer ninguém; se alguém quiser saber os nomes, me contacte no particular).

Na época deste causo, Débora e Dalila estavam na casa dos vinte e poucos anos e Dodô tinha doze anos. O pai delas, o Gustavo, tinha um controle relativamente grande sobre as filhas, e o máximo que permitia era que elas saíssem para um cinema no sábado ou no domingo. Só que as mais velhas descobriram um esquema que vinha dando certo há algum tempo: quando ia chegando a temporada de ensaios da escola de samba do coração delas (Mocidade Independente de Padre Miguel, que era perto da casa delas), elas diziam para o pai que estavam indo para o cinema e iam para o ensaio. Não dava para ficar muito tempo porque, por volta das dez horas, tinham que estar de volta em casa.

Só que, em um certo domingo, Dodô, que não conhecia o esquema, encasquetou que iria ao cinema com elas. E elas argumentando com Dodô por que ela não poderia ir. E o "seu" Gustavo observando a discussão. Débora: "O filme não é para crianças". Dodô: "Eu não sou mais criança". Dalila: "Você não vai gostar do filme". Dodô: "Como é que você sabe?". E "seu" Gustavo a tudo observava. Depois de muito argumento e contra-argumento, Dalila foi definitiva:

— Sabe por que você não vai conosco? Porque você nem sabe sambar.

O jargão pegou na família do "seu" Gustavo. Sempre que se começa uma discussão e se esgotam as argumentações — e, principalmente, a paciência — o "você nem sabe sambar" encerra o assunto.

O GIN, BEBIDA MALDITA - 1

O criador do gin foi o médico Francisco de la Boie, que estava em busca de um medicamento para tratar problemas renais. Isto lá pelo século XVII. Esse médico era conhecido como Sylvius e era um grande pesquisador. Se curou ou não os males renais, eu não sei, mas a turma logo descobriu uma bebida saborosa e barata.

Essa introdução é para contar um causo relacionado ao gin, que me marcou "profundamente". Ocorreu quando eu estava no segundo ano colegial (xiiii, faz muito tempo... eu tinha dezessete anos) e, junto com mais oito colegas do Colégio Souza Aguiar, resolvemos fundar o Clube do Rum (detalhe: o mais velho dentre nós tinha dezoito anos). Este clube funcionaria todas as quintas-feiras, por tempo indeterminado, antes das aulas no colégio, que eram noturnas. Nós chegaríamos mais cedo e tomaríamos rum com Coca-Cola antes de entrar em sala de aula. Eu fui incumbido da compra da bebida: o RUM. O refrigerante seria comprado nas redondezas do colégio. Tinha tudo para dar errado. E deu.

Na primeira "reunião" do clube, eu cheguei com a novidade de que não tinha conseguido encontrar RUM. Na falta de alternativa, eu comprei uma garrafa de GIN. Os sócios adoraram a minha iniciativa. E, na hora de comprar o refrigerante, alguém deu a "brilhante" ideia de, em vez de Coca-Cola, usarmos Crush (a Fanta laranja de hoje). Alternativa aprovada por unanimidade. O negócio era tomar uns tragos antes da aula.

E partimos para a "fundação", de fato, do CLUBE DO RUM — com GIN. Se poucos sabiam o que era rum, nenhum de nós sabia o que era gin. E o conteúdo da garrafa foi detonado em cerca de meia hora. Terminada a fundação do clube, fomos para a sala de aula. Aula do professor de matemática, mais conhecido como "Cota Nula", devido à sua baixa estatura (naquele tempo, o politicamente correto ainda não estava valendo). A zorra que os "sócios" estavam tocando obrigou o professor a tomar a única decisão correta: expulsar todos os componentes do clube da sala de aula.

E, assim, o Clube do Rum foi recordista: foi extinto quase imediatamente após a sua fundação. No mesmo dia.

LIÇÃO DO DIA: NÃO CONFUNDA ALHOS COM BUGALHOS (SEJA LÁ O QUE ISSO FOR).

O GIN, BEBIDA MALDITA - 2

O gin tem grandes afinidades com o genebra, o steinhaeger e a vodca. No Google você encontra um monte de curiosidades sobre essas bebidas, mas eu quero contar um causo acontecido sobre a maldição do gin. Corria o dia 26/12, último domingo de 2021. Uma vizinha (Margarida) estava se despedindo, pela manhã, de uma das filhas que viera passar o Natal com ela. E, junto com a filha, vieram neta, marido, sogra, cunhada e três cachorros. Evidente que Margarida estava triste; principalmente, pelo vazio que estava tomando conta do seu coração e, consequentemente, da sua casa. Minha mulher, ao testemunhar aquele momento de despedida, não pestanejou, e a convidou para vir tomar um banho de sol e umas cervejinhas na nossa casa. Ela não só topou como trouxe seu marido (Betinho).

É bom esclarecer que, com a pandemia, aqui em casa, adotamos uma rotina em que, além das medidas já de conhecimento de todos (como máscara, álcool em gel e distanciamento), cada um traz a sua bebida e seus utensílios tais como talheres, copos e pratos. E leva tudo de volta.

E tudo seguia na maior alegria. Só que Margarida e Betinho trouxeram GIN, ao invés da cerveja planejada. E era um litro do melhor Tanqueray Ten.

Lá pelas 14h, alguém demonstrou estar com fome e Margarida, muito solícita, como sempre, se dispôs a ir em casa e trazer, para a nossa reunião, um pernil "salvado" do Natal e uma farofa de nozes quase intocada. A festa estava completa. Enquanto Margarida e Betinho iam entornando o gin com tônica, eu e minha mulher estávamos, desde o início, bebendo uma geladinha.

Quando já passava das 16h, os visitantes decidiram se retirar. Com muita dificuldade, levantaram-se das cadeiras e tomaram o destino de sua residência, a vinte metros de distância. Eu e minha mulher fomos guardar mesas e cadeiras e recolher o lixo: latas de cerveja e a garrafa de gin que estava VAZIA. "Caramba!" — exclamei para minha mulher. "Eles detonaram um litro de gin. Estão explicados os tropeços deles ao saírem".

Mas o melhor estava por vir. No dia seguinte, minha mulher recebe uma ligação de Margarida, que diz:

— Amiga, desculpe. Eu estou sem jeito de falar, mas nós não deixamos a garrafa de gin aí, ontem?

Minha mulher responde:

— Esqueceu, não; vocês deixaram uma garrafa vazia que já foi pro lixo.

As duas deram umas boas gargalhadas e combinaram uma nova rodada nos próximos dias.

LIÇÃO DO DIA: SÁBIO É O HOMEM QUE CONSEGUE CONTROLAR SEU GIN (PROVÉRBIOS 19:11)

RECORDAÇÕES DA PROVENCE

A amiga Patrícia Rabelo, dona da Sagarana Turismo, inventou uma atividade para atravessarmos a pandemia de forma mais amena: ela pediu aos seus inúmeros clientes que enviassem fotos dos passeios que guardassem boas lembranças.

Eu e a Stella fazemos passeios com a Patrícia e usamos seus serviços de turismo há cerca de duas décadas.

Resolvi contar uma causo, ao invés de enviar a foto solicitada. Esse causo se deu na viagem que fizemos a Provence, na França, em abril de 2014. Excursão de dezoito dias pelas belezas do sul do país.

Saímos do Rio de Janeiro para Nice, com escala em Roma. Tudo tranquilo. Chegamos dentro do horário previsto e, como tudo organizado pela Patrícia, lá estava nos aguardando, no desembarque, um guia e um ônibus que nos transportaria diretamente para Saint-Tropez, onde ficaríamos hospedados.

Éramos cerca de 25 pessoas. Aquela loucura para agrupar esse povo e organizar o embarque com suas bagagens no ônibus.

Quando nos demos conta de que estava tudo a postos, foi dada a orientação ao guia e ao motorista para partir. Evidentemente que, naquele momento, poucos se conheciam. Nem mesmo Patrícia conhecia todo mundo.

O ônibus saiu pela orla e nós olhávamos tudo (eu, pelo menos) com a maior admiração. Afinal, não é todo dia que a gente tem a oportunidade de curtir lugares tão charmosos como a Côte D'Azur. Já estávamos andando há uns vinte minutos quando alguém perguntou por aquelas duas "meninas" que, na escala de Roma, tinham entrado no "free shopping" até que fosse preciso chamá-las para o embarque. Caramba! Alguém ficou para trás (ou alguéns!). E não tinha jeito de nos comunicarmos com elas. Não teve jeito: meia volta, volver! Até chegar ao aeroporto foi aquele estresse. Mas, com um pouco de procura, as "meninas" foram "achadas". Não, não foi na seção de pessoas perdidas. Elas tinham ido ao banheiro e não avisaram a ninguém. Quando voltaram e não encontraram o transporte, ficaram desesperadas. Como se virar em um local onde não dominavam a língua e, ainda por cima, sem bagagem? Sim, porque as malas das "meninas" estavam no ônibus.

LIÇÃO DO DIA: QUANDO FOR AO BANHEIRO AVISE A ALGUÉM

(Mesmo que seja apenas para lavar as mãos, mesmo que esteja em casa. Se não tiver ninguém por perto, bote no Facebook ou mande um WhatsApp para seu grupo preferido.)

VALIDADE DE AMIGO — APRENDIZADO COM ELIO DUMOVIC

Trabalhei com o Elio na Fábrica Nacional de Motores (FNM), onde o conheci, em 1970. E, anos depois, ainda naquela década, voltei a encontrá-lo na Usimeca, onde eu já trabalhava há alguns anos e ele tinha ido desenvolver suas habilidades de projetista por aquelas bandas de Nova Iguaçu.

Ele nasceu na cidade de Porec (Croácia), que fica próxima à fronteira com a Itália. Contava que o pai, ele e a irmã tinham nascido na mesma casa. Entretanto, ele era italiano; o pai, tcheco; e a irmã, austríaca. Como assim? Quando cada um nasceu, a cidade fazia parte de um país diferente. E, hoje, se algum descendente nascer na mesma casa será croata.

O Elio tinha uma medição de tempo que, ao mesmo tempo que irritava, dava um certo otimismo a quem o ouvia. Ele entrava na condução que nos levava para o trabalho às seis e meia da manhã e dava um sonoro "bom dia", despertando quem cochilava, e emendava com uma afirmação absolutamente otimista: "Como esta semana está passando rápido". Independentemente do dia da semana, inclusive na segunda-feira. Aliás, se fosse este o dia, ele completava: "Depois de amanhã já é quinta-feira". Aos protestos que ouvia, informando-lhe que a segunda-feira nem tinha iniciado, ele explicava: "Pra mim, hoje não conta. A segunda-feira está praticamente terminada".

Mais outra dele: entrava em uma sala onde estavam algumas pessoas — cinco, por exemplo — e, depois de cumprimentá-las, afirmava: "Que coincidência, estão aqui nesta sala as cinco melhores pessoas desta empresa". Se alguém perguntasse o que ele achava de uma sexta pessoa ausente, ele respondia sem pestanejar: "Fulano é um preguiçoso, antipático e falso". Se uma sexta pessoa aparecesse, ele corrigia imediatamente a sua afirmação: "Que coindicdência, estão agora, aqui nesta sala, as SEIS melhores pessoas desta empresa". Mesmo que essa pessoa fosse o tal Fulano referido segundos antes.

Mais uma, ainda: tinha uma capacidade incrível de fazer caricaturas dos colegas. Certa vez, ele me explicou que a caricatura recorre ao exagero de uma característica física do retratado para lhe dar identidade. É a orelha de abano de um ou o nariz aquilino ou adunco de outro. Mas o Elio não vacilava em pegar outros "dotes" para colocar nas suas caricaturas. E, em certa ocasião, ele teve problema com uma colega da FNM. A moça tinha um quadril avantajado e proeminente, se vocês me entendem, que foi devidamente caricaturado pelo Elio. Deu o maior bafafá. A partir de então, o Elio parou de caricaturar os colegas.

Eu desconfio que o escultor Otto Dumovic — famoso por algumas esculturas interativas existentes na cidade do Rio de Janeiro, como a do Pixinguinha, na Travessa do Ouvidor — seja filho do Elio.

Mas o que me fez me lembrar do Elio? Dentre as várias sacadas inteligentes e bem-humoradas, tinha uma que eu adorava. Quando alguém lhe dizia que Fulano estava chateado com ele, por alguma razão, ele respondia: "Olha, o Brasil tem 200 milhões de habitantes. Se eu brigar com Fulano, vão me sobrar 199.999.999 pessoas para eu fazer amizade". E dava uma boa gargalhada.

Isto posto, quero avisar que, seguindo a linha do Elio, estou reanalisando a minha lista de amigos. E, frente a certos posicionamentos demonstrados na época de pandemia — principalmente os que chegam perto da sociopatia, que apoiam atitudes fascistoides e demonstram falta de solidariedade com o próximo —, vou reduzir minha lista.

Vou considerar, no corte, outros critérios, como aqueles relacionados à minha teoria sobre validade de amigos e explicados no meu primeiro livro *75 Amigos*.

A propósito, li um livro (*Quatro amigos*, de David Trueba) onde encontrei uma frase, logo na primeira página, que achei genial e enriquece a minha teoria. A frase, na verdade, fala sobre amizade e é a seguinte: "A amizade se parece com um fósforo. É melhor soprar, antes de queimar os dedos".

PROMESSA É PROMESSA

Tenho uma amiga, veterinária e casada há uns cinco anos. Ela mora na Tijuca e passou por um sufoco há cerca de um mês.

Com toda essa preocupação que temos (pelo menos, *eu* tenho) com a pandemia do coronavírus, uma das situações mais preocupantes é precisar usar os serviços médicos de urgência. Por isso, minha mulher — a Stella — vive preocupada comigo quando vou ao quintal pegar pitangas no pé, por exemplo.

— Cuidado para não cair e parar na Fundação! — alerta a Stella.

Fundação é como carinhosamente chamamos o hospital daqui de Miguel Pereira.

Pois bem, a minha amiga veterinária tomou o maior susto, em janeiro de 2021, quando foi obrigada a ir até a urgência do hospital Pan Americano, na rua Moura Brito, na Tijuca, junto com o marido. Sua sogra tinha começado a sentir umas dores no peito. Fora os sintomas, também existia a preocupação com a contaminação com o maldito vírus em um ambiente hospitalar. A sogra passou por uma bateria de exames e ficou em observação de um dia para o outro.

A minha amiga foi para casa e não tinha o que fazer, a não ser esperar e rezar. No meio das suas rezas, lembrou que poderia apelar para seu santo de fé e fazer uma promessa. Como a sogra é muito querida, fez uma promessa radical: se a sogra não tivesse problema, passaria um mês sem tomar cerveja.

No dia seguinte, a sogra foi mandada para casa, pois os exames, felizmente, não acusaram o temido infarto. Mas a promessa estava feita e seria cumprida. O trabalho estava intenso e os dias passando. Tinha dias que lembrava da cervejinha, mas promessa é promessa. Mas, na quarta-feira de cinzas, dia 17, a coisa complicou. Foi um dia extremamente tenso e a amiga não estava aguentando. A única coisa que poderia relaxá-la seria uma cerveja bem gelada. Ela não se conteve e me ligou, para me falar da promessa e da agonia que estava sentindo. Queria ouvir a minha opinião. Acho que fui cruel, pois lhe disse, na seca: "Promessa é promessa". Ela contra-argumentou: "Será que não posso trocar por umas cestas básicas?". Fui irredutível: "Você pode trocar, mas, se a sua sogra ficar doente, a culpa será sua".

Ela me garantiu que não quebraria a promessa, porque não conseguiria carregar, na consciência, um desfecho desfavorável. Eu não acreditei.

Ontem recebi uma ligação de um amigo em comum que, entre outras coisas, me contou que viu nossa amiga entregando dez cestas básicas na igreja do bairro e me perguntou se ela tinha se convertido. Dei uma risada e disse-lhe que não sabia de nada.

LIÇÃO DO DIA: QUANTO
VALE UMA GELADA?

AQUELE DINHEIRINHO QUE A MINHA MÃE ME DEU

Mais uma vez constato que a vida se repete, com os diversos giros que a Terra dá. Primeiro, vou recordar — dentro do que a minha memória me permitir — um causo ocorrido em 1956, quando eu fui fazer prova de admissão ao ginasial do Colégio Militar.

Explicando: naquela época, quando concluíamos o que se chamava de curso primário, por volta dos onze anos de idade, precisávamos fazer uma prova para sermos admitidos ao nível seguinte, o ginasial. Normalmente, eram colégios diferentes. Eu tinha terminado o meu curso primário na Escola Municipal Afonso Penna, que fica na rua Barão de Mesquita, 499, no Andaraí, na cidade do Rio. A ideia dos meus pais era que eu fosse para o Colégio Militar e já garantisse um emprego no futuro. Se isto tivesse acontecido, hoje eu poderia ser um general de Exército, quatro estrelas. Já pensou, que maravilha?

Vamos voltar ao dia da prova de admissão: eu, com os meus onze anos, ainda dependia de minha mãe para ir e vir a lugares distantes. A prova foi realizada de manhã e D. Deca me levou até o local da prova, no Instituto de Educação, na rua Mariz e Barros. Fomos de bonde, que pegamos na praça Sáenz Peña. Quando minha mãe me deixou, me deu um cruzeiro (moeda da época) para eu voltar para casa da mesma forma que fomos, de bonde.

Terminada a prova, eu fui para o ponto do bonde, achando que minha mãe viria me buscar. Afinal, uma criança de onze anos não pode ser largada, assim, no mundo. O responsável tem que se preocupar com os seus filhos. Eu, como todas as crianças da minha idade, não dei a menor atenção para as recomendações da minha mãe, que consistia em pegar a condução e usar aquele dinheiro para pagar a passagem.

No ponto do bonde tinha uma sorveteria, que ali existiu por muitos anos, que vendia um sorvete italiano maravilhoso, feito em máquinas, na frente do freguês. Era uma grande novidade, já que sorvete — pelo menos, para mim — era apenas o industrializado da Kibon. E, o pior, custava um cruzeiro. Não tive dúvida, detonei a grana num sorvete de duas bolas, uma de chocolate e outra de amendoim. Durante muito tempo, foram os meus sabores preferidos.

Como a minha mãe estava demorando a vir, lembrei-me de que ela tinha me instruído a pegar um bonde, só que não tinha mais dinheiro para pagar a passagem. Tomei uma sábia decisão: voltei a pé para casa. Refiz todo o trajeto que o bonde faria até chegar na praça Sáenz Peña. Não era o mais curto, mas era o que me garantia chegar a um lugar conhecido. Foram cerca de 4 km a pé e cerca de hora e meia caminhando. Não me lembro das consequências. Se as houve não foram traumáticas, pois não há registros na minha memória.

E, mais recentemente, o que aconteceu que tem ligação com o fato de quase setenta anos atrás? Vou contar.

Rodinei (ou Rod, para os íntimos) acabou de completar dezesseis anos e joga futsal no juvenil do Tijuca Tênis Clube. É filho da Vera, amiga que mora no Grajaú. O time do Rod foi convidado, no início do ano, para participar, em Fortaleza, do Campeonato Brasileiro de Futsal Juvenil, patrocinado pela Confederação Brasileira de Futebol (CBF). O campeonato e este causo aconteceram no último mês de outubro. O menino vinha contando os dias para chegar o momento de viajar. Talvez nem tanto pela oportunidade de competir com outras equipes do Brasil, mas principalmente de viajar para tão longe e sem a presença opressiva da mãe.

Os organizadores da viagem contrataram uma agência de São Paulo, especializada em eventos desse tipo, para providenciar tudo o que seria necessário de infraestrutura para o time não ter nenhum problema. Desde passagens de avião, traslados em Fortaleza, incluindo alimentações, de tal forma que os atletas não precisassem se preocupar com nada. A mãe, por sua vez, vinha pagando, com certo sacrifício, mês a mês, as cotas estabelecidas para poder propiciar ao seu rebento tão desejada viagem.

Chegou finalmente a hora. Vera foi até o aeroporto levar o filho, junto com um montão de recomendações: "se chover, use a capa"; "não saia sozinho"; "cuidado com a sua mochila"; e tantas outras, que são normais às mães do tipo da Vera. E a cereja do bolo foi o dinheirinho que ela deu para o Rod, com a observação de que era para o caso de uma emergência. Cem reais. Não era muito, mas, para o fim a que se destinava, estava bom. Claro que Rod não deu a menor atenção para o que a mãe dissera sobre a finalidade do dinheiro. E partiu.

Chegada em Fortaleza: Rod estava boquiaberto com a beleza de tudo que via e era inédito para ele. Chegando no hotel, o chefe da delegação providenciou o check-in de todos e pediu aos jovens que ficassem por perto, pois, dentro de instantes, daria as chaves dos quartos. Rod, enquanto aguardava, viu um cartaz, no balcão da recepção, informando sobre serviços de massagem. Serviço este que era aplicado por fisioterapeutas. Mas o Rod, na pouca experiência de jovem e associando com alguns vídeos que já vira na internet, achou que era uma massagem de estímulo sexual, se vocês me entendem. Ainda tinha uma vantagem: poderia colocar na conta do apartamento do hóspede e ser paga na saída do hotel. Como custava 90 reais e ele tinha aqueles cem reais dados pela mãe, não teve dúvida e marcou, no mesmo instante, para depois do almoço. Na hora da massagem, Rod teve uma grande decepção: não era "a" massagista, e sim "o" massagista. E a massagem era a tradicional. A consequência foi ele ter que resolver a sua (como direi?) necessidade fisiológica com uma tradicional manipulação individual, a tradicional "justiça feita pelas próprias mãos".

Mas o causo não acaba aí. Rod, como no causo do sorvete, esqueceu-se da conta da massagem e gastou os cem reais dados pela Vera em jogos eletrônicos que encontrou num shopping perto do hotel. Na hora do check-out, veio a cobrança. Rod pode não ter muita experiência em certas áreas, mas não é nada bobo: não pestanejou e ligou para a tia Verônica, sua tia e madrinha, pedindo que ela fizesse um depósito na conta do treinador — o que foi feito na hora. Evidentemente que, falar com a mãe, nem pensar.

Consequência desse causo, como no primeiro, não sei, já que Rod continua morando com a sua mãe. Que, por sua vez, contou-me esta história rindo.

INCRÍVEL & INACREDITÁVEL

A EXUMAÇÃO ESCABROSA

Em primeiro lugar, quero esclarecer dois pontos.

O primeiro é que, segundo meu médico particular, o Dr. Leonardo Pereira Quintella, exumação é sempre adjetivada como repugnante. Isso ele aprendeu quando estudou medicina legal. Mas vou manter o adjetivo "escabrosa" (para quem tem dúvida do significado desses adjetivos, recomendo consultar o Aurélio ou o Google).

O segundo ponto é referente à identidade dos envolvidos nesta história. Não vou revelar o nome deles. Explico: os personagens já são falecidos e fico com medo de eles virem puxar minha perna de noite, quando eu estiver dormindo.

Vamos à história:

Há um balneário no Espírito Santo que, algumas décadas atrás, fazia parte de uma fazenda que acabou sendo loteada e se transformou em local muito frequentado por cariocas, capixabas e, principalmente, por mineiros. Um dos herdeiros da fazenda era morador, na época em que essa história aconteceu, e tinha como atividade laboral construir casas. (Inclusive foi o construtor da casa dos avós do meu médico particular e da minha advogada preferida, Daniela Pereira Quintella.) Para facilitar a narrativa, vou chamá-lo de Adelino.

O Seu Adelino era pessoa queridíssima na vila e hoje tem até rua com o nome dele — exatamente a rua onde ele sempre morou com a esposa, D. Vilma, e com os filhos e netos.

Mas, um dia, inexoravelmente, ele veio a falecer. Foi uma grande perda para a sociedade da cidade. D. Vilma, companheira de mais de quarenta anos, ficou desconsolada.

Por sorte e solidariedade, um grupo de amigas e amigos deu todo apoio naquele triste momento; inclusive se ofereceram para providenciar o velório (o que foi aceito, com grande alívio, pois a poupava de tantas coisas, entre as quais "preparar o corpo").

O velório foi acompanhado por centenas de amigos e figuras importantes da região. Até o prefeito compareceu.

Dois dias depois do enterro, D. Vilma se reuniu com os filhos, noras e genros e, a contragosto, estava tratando das medidas que precisavam ser tomadas, tais como inventário, levantamento de bens, móveis e imóveis, que não eram poucos. Mal começaram a relacionar os bens, D. Vilma se lembrou que o Seu Adelino, que não confiava muito em banco, tinha uma boa quantia de dinheiro guardada em casa. E era exatamente no bolso interno do melhor terno que ele tinha. Deu um salto e saiu disparada para o quarto. Não deu outra. Ele foi enterrado com o melhor terno e, dentro dele, a dinheirada. Qualquer coisa, hoje, como uns R$ 10.000,00.

D. Vilma não hesitou: pediu ao filho mais velho, o Wilson, para acompanhá-la e saiu da reunião familiar em disparada. Não adiantaram os argumentos dos filhos de que já era quase noite e ela não ia encontrar ninguém com quem pudesse conversar. O contra-argumento foi de que ela ia procurar o coveiro, a quem conhecia.

Para abreviar a história: ela chegou na casa do coveiro, explicou a situação e, com base em argumentos que, com certeza, eram muito fortes, conseguiu ir àquela hora até o cemitério e abrir a sepultura. Não deu outra, a grana estava lá. A sepultura foi refeita e D. Vilma voltou para casa satisfeita com a sua decisão.

LIÇÃO DO DIA: NÃO DUVIDE
DO SEXTO SENTIDO DE
UMA MULHER.

A DENTADURA E O CRONÓGRAFO

Como já disse em várias oportunidades, as histórias se repetem, com novas roupagens. E isto é, para mim, a prova evidente que a Terra é redonda.

Qual a relação da perda de um cronógrafo (relógio com cronômetros) com a perda de uma dentadura? Primeiro o causo mais recente: o causo do cronógrafo.

Aconteceu na sexta-feira, 3 de dezembro de 2021. Fui dar a descarga no vaso sanitário (importante que se diga, para entender o causo, que tinha só xixi) quando o meu cronógrafo saiu do meu braço (a correia estava frouxa) e caiu dentro do vaso. A descarga de água já estava em "andamento" e lá se foi o dito cujo rumo ao oceano Atlântico. Assim imaginei. Se fiquei chateado? Claro.

Para ter uma ideia do "prejuízo", fui consultar o Mercado Livre. Também procurei a garantia do relógio. Eu comprei a bordo do Costa Favolosa, em 4 de abril de 2015, em um cruzeiro que fiz com a Stella. Realmente, era para ficar triste. Além do valor de estima, o "equipamento" não custou barato, não. Mas, enfim, é a vida. Estava me conformando com a perda.

No dia seguinte, sábado, bem de manhã cedinho, estava me preparando para ir ao Rio de Janeiro para as comemorações do quarto mesversário do Pedro (meu neto, a criança mais linda e inteligente do mundo), quando, ao dar a descarga naquele vaso sanitário sorvedouro de relógios, reparei que o nível da água ficava dois dedos abaixo do nível normal. Me deu um estalo: "Epa, deve estar agarrado". O que fazer? Por sorte, o Carlos Alexandre, o faz--tudo aqui de casa, tinha acabado de chegar para limpar a piscina. Não tive dúvida: expliquei-lhe a situação e propus um desafio: se ele salvasse o relógio, ganhava 100 reais. Se não, ganharia apenas 90. Pois o relógio foi salvo. E eu fiquei muito feliz e o Carlos Alexandre, 100 reais mais rico.

E a dentadura? O causo da dentadura aconteceu nos idos de 1958, e teve destino semelhante ao do cronógrafo.

O local do acontecido foi o bairro de Madureira e é conhecido por toda a minha família — parte dos Mesquita. Um tio que lá morava convocou um grupo de amigos, incluindo meu pai, para ir até a casa dele, em determinado sábado daquele ano, para ajudar em uma empreitada muito comum naquela época: colocar mais uma caixa de água no telhado da casa. A falta de água assolava toda a cidade do Rio de Janeiro e ter duas caixas d'água era uma sábia medida para aumentar o estoque do precioso líquido. Correu tudo muito bem, como imaginado, e, depois do serviço realizado, lá por volta do meio dia e meia, rolou um mocotó regado de muitas cervejas. Lá pelas três da tarde, ninguém tinha mais noção de onde estava. E aí aconteceu o principal fato que foi a cereja do bolo: o meu tio estava "pra lá de Marrakesh". Não aguentou e foi para o banheiro para devolver tudo que tinha comido e bebido. Depois de quase desmaiar devido ao esforço que fez, lavou o rosto e, ao olhar no espelho, constatou que havia alguma coisa diferente. Não foi fácil adivinhar que a sua "mobília" (dentadura, para os mais novos) tinha ido junto com cerveja e comida.

E, então, foi a maior correria para tentar pegar, nos ralos de esgoto, o material perdido. Mas nesse caso foi em vão. Contudo, o pior foi aturar a bronca da minha tia, que lhe passou o maior esculacho.

LIÇÃO DO DIA: VIVA A DEMOCRACIA! ABAIXO A DENTADURA!

PROTOCOLO PARA URINAR

Precisei ir a um médico na cidade de Vassouras/RJ, que fica a cerca de 45 minutos de minha casa. Cheguei com uma certa antecedência e, enquanto esperava minha vez, me deu vontade de urinar (daqui a pouco vocês vão entender por que usei este termo). Fui ao WC (este termo, também) e lá encontrei a pérola que reproduzo a seguir:

COMO UM HOMEM PODE URINAR CORRETAMENTE
Gostaríamos que V.Sa. passasse os olhos nas instruções abaixo sem a pretensão de educá-lo no ato de urinar, mas apenas solicitar que tente segui-las para o bem estar higiênico de todos nós, usuários deste recinto.

1. *Coloque-se numa posição em que as pernas cheguem o mais próximo possível do vaso sanitário, sem que necessariamente o toque.*
2. *Segure firme o pênis e aponte para dentro do vaso.*
3. *Verifique se não há cabelos interferindo no canal de saída, pois quando isto acontece é formado o efeito chafariz.*
4. *Teste o jato, pois, antes do ato, o canal está contraído e, portanto, a velocidade é maior. Conforme fórmula matemática, $Q=VA$, onde $Q=$vazão, $V=$velocidade e $A=$área. Portanto, diminuindo a área, a velocidade é maior e assim aumenta a possibilidade do efeito chafariz.*

5. *Relaxe e urine.*
6. *À medida que o jato for diminuindo, aproxime-se do vaso sanitário para que V.Sa. não urine nos pés e, consequentemente, no chão.*
7. *Ao finalizar o ato, certifique-se de que nada está pressionando, impedindo dessa forma de sair a última gota de urina (fato muito comum em pessoas distraídas que saem do banheiro com a calça molhada na frente).*
8. *Executando as instruções acima, restarão obviamente os últimos pingos, não sacuda violentamente, pois V.Sa. poderá benzer todo o W.C. Pressione a ponta do pênis no sentido longitudinal e na direção da bacia, se for o caso, V.Sa. poderá até enxugá-lo com um pedaço de papel higiênico, salvaguardando, assim, a higiene da sua cueca.*
9. *Em seguida, aperte o botão da descarga do vaso sanitário e certifique-se de que não caiu nenhum pingo no chão, caso isso ocorra, enxugue com um pedaço de papel.*
10. *Não esquecer de fechar a braguilha antes de sair do W.C.*
11. *Caso V.Sa. não consiga por qualquer motivo executar as instruções acima, sente-se no vaso, o que não acarretará nenhum demérito para a sua masculinidade.*

Esse aviso me fez lembrar de dois outros que encontrei em um restaurante em Viana do Castelo, em Portugal, na casa de banho (como os portugueses chamam o banheiro) das mulheres (onde entrei por engano) e na casa de banho dos homens.

Na das mulheres:

"Use este espaço como se tivesse cometido um crime. Não deixe vestígios."

Nas dos homens:

"É favor afinar o instrumento para as notas não caírem no chão."

FALTA DE ÁGUA

A cisterna do condomínio onde moro entrou numa grande reforma. Praticamente foi reconstruída. A última etapa da obra começou em uma terça-feira e terminou dois dias depois. Esta última etapa consistiu na impermeabilização e limpeza da dita cuja. A consequência é que, desde o início do serviço, o abastecimento de água ficou suspenso. Evidentemente que o síndico, com grande antevisão dos possíveis problemas, e de forma proativa, planejou todo o projeto e avisou aos moradores com a devida antecedência. E reforçou sua preocupação com um importante lembrete:

"Economizem a água que está disponível nos reservatórios de suas casas".

Essa ideia de poupar água me remeteu aos idos da década de 1950, quando eu tinha em torno de doze anos e morava no Andaraí, no Rio de Janeiro. O abastecimento de água era de responsabilidade da Superintendência de Urbanização e Saneamento (SURSAN), antecessora da atual CEDAE. E a falta d'água fazia parte do cotidiano.

Quem é dessa época deve se lembrar de várias marchinhas do Carnaval que tratavam do tema: "cidade maravilhosa, cidade que me seduz, de dia falta água, de noite falta luz" ou "lata d'água na cabeça, lá vai Maria, lá vai Maria", cantava Emilinha Borba.

Pois bem, para superar estes três dias de racionamento forçado, aqui em casa foram resgatados alguns hábitos esquecidos há muitas décadas. Alguns exemplos:

- No banho, fechar o chuveiro na hora de ensaboar;
- Na hora de lavar as mãos, umedecer as mãos, ensaboar e, só então, abrir a torneira;
- Juntar toda a louça e talheres, na máquina de lavar louças, e limpar tudo em uma operação única (não me lembro como era feito na época da SURSAN, porque, na minha casa, não tinha esse utensílio modernoso);

- Dar a descarga somente após juntar pelo menos dois xixis. O número 2 ficou fora do racionamento.

Recordar é viver...

O MISTÉRIO DA QUEBRA DE COISAS INANIMADAS

Aqui em casa tinha um enfeite que reproduzia a salamandra de autoria do Gaudi e que se encontra no Parque Güell, em Barcelona. Era uma lembrança de uma das visitas que eu e Stella, minha mulher, fizemos àquela cidade. Estou usando o verbo no passado porque o souvenir, que morava em uma estante na cozinha, foi aparecer, misteriosamente, em forma de muitos caquinhos, em cima do armário do banheiro da área de serviços daqui de casa. O amigo Samuel Costa, quando soube do fato, deu uma sugestão muito interessante:

— Essa salamandra merece um superbonder. Depois chame de restauração artística.

E, assim, o fiz.

Este causo da salamandra, como sempre — em função de a Terra ser redonda —, me fez lembrar de duas histórias acontecidas há mais de sessenta anos, que têm uma pitada de mistério. Eu tinha uns doze anos e Luiz Cesar, meu irmão preferido, onze.

A primeira relaciona-se a uma trena articulada (aquelas de madeira) que ficava em uma caixa de ferramentas do nosso pai, o Odair original. Um dia, ele foi à caixa de ferramentas pegar qualquer coisa e constatou que a trena estava quebrada em três pedaços. Quis saber quem tinha quebrado e, naturalmente, não apareceu o culpado.

— Não fui eu! — me adiantei a esclarecer.

E o Luiz Cesar emendou, no ato, com muita ênfase:

— Nem eu!

Um tio, cunhado de papai, muito gozador, que estava presente no momento da descoberta, esclareceu tudo:

— Deu ar na trena!!!

A segunda história é referente a um vaso de cerâmica que enfeitava o centro da mesa de jantar e pelo qual D. Deca, nossa mãe, tinha o maior carinho. Era realmente muito bonito. Era ornado externamente por grandes flores coloridas, tipo hibiscos, e, se não me engano, era uma obra de artesanato de Dona Kath, grande amiga de D. Deca, que era artista amadora, mas que transitava por diversas áreas: cerâmica, pintura e escultura.

Pois bem, um dia, o vaso apareceu quebrado. Dona Deca usava uma metodologia um pouco diferente da do velho Odair: ela não perguntava quem tinha quebrado. Acho que ela já sabia que os dois iam negar e, então, analisava a situação, definia quem era o culpado e partia para as chineladas. No caso desse vaso, Luiz Cesar foi "identificado" como culpado e tome chinelada. Até hoje, ele nega a culpa e diz que quem quebrou fui eu. Na semana passada, ao conversar com ele sobre essa história, para me defender, eu lhe disse que não me lembrava de quem tinha quebrado o vaso. Aliás, nem da história eu me lembrava. Luiz Cesar foi definitivo:

— Você não se lembra, mas eu não me esqueço. Quem apanhou fui eu!

LIÇÃO DO DIA: NÃO JUNTE CAQUINHOS. SUMA COM ELES!

AUTOPROCLAMAÇÃO: VIROU MODA?

Aparentemente, esse negócio de autoproclamação virou moda. Há uns cinco anos, na Venezuela, um deputado resolveu se autoproclamar presidente da República, por contestar o presidente Maduro e por considerar vago o posto de presidente.

De forma irônica e satírica, o ator José de Abreu (Zé, para os íntimos) se autoproclamou presidente do Brasil. E até escolheu alguns ministros. Parodiando o presidente do Brasil da época, o seu lema era "O Brasil ao lado de todos, nem acima, nem abaixo. Nossa bandeira jamais será laranja".

Na carona da ideia do Zé de Abreu, outro ator, Tonico Pereira, também se proclamou. Só que dos Estados Unidos. E haja ironia.

Ao refletir sobre essas três autoproclamações (imagino que devam existir muitas outras, mas ainda não tomei conhecimento), acabei identificando duas autoproclamações que estão diretamente relacionadas à nossa região. Mais especificamente a Miguel Pereira e a Paty do Alferes.

Vamos à primeira: "Terceiro melhor clima do mundo".

Algum tempo atrás, o Mauro Peixoto — editor do *Jornal Regional*, daqui de Miguel Pereira — me deu conhecimento da existência de um livro que, para mim, que era "novo" na cidade, seria interessante conhecer. O livro é *Quando as noites eram de gala*, de autoria de João Estrella de Bettencourt. O livro conta a história de Abraham Medina e tem, como subtítulo, "Um empreendedor à frente do seu tempo e sua paixão pelo Rio de Janeiro". Este Rio de Janeiro refere-se à cidade do Rio, mas Medina tinha também uma paixão enorme pela nossa cidade.

Aqui em Miguel Pereira, como conta o livro, Medina construiu e equipou o clube, o Miguel Pereira Atlético Clube, realizou obras de pavimentação do acesso à cidade, criou e montou o acervo do Museu Francisco Alves, planejou e executou a remodelação do Lago

Javari, lançou o Hospital Fundação Miguel Pereira, hoje Hospital Luiz Gonzaga e tantas outras. Mas, na minha opinião, seu feito maior é a proclamação de Miguel Pereira como o terceiro melhor clima do mundo.

Segundo nos conta Bettencourt, no livro, Medina estava preocupado com a imagem da cidade e inventou a frase que nos caracteriza: "Venha para Miguel Pereira, o terceiro melhor clima do mundo". Passados alguns anos, em conversa com seu filho Rubem, este lhe perguntou:

— Mas por que "o terceiro melhor"?

Medina suspirou, como se a resposta fosse óbvia e disse:

— Rubem, pense bem [...] Terceiro é bom o suficiente para impressionar, para que as pessoas queiram conhecer e, ao mesmo tempo, modesto o suficiente para ser verdadeiro. Ninguém inventa que é o terceiro em alguma coisa.

Recomendo a leitura do livro. Faz a gente conhecer melhor a nossa Miguel Pereira. E, para quem ainda não se deu conta de quem é Abraham Medina, ele tem um filho famoso na atualidade que é Roberto Medina, o "inventor" do Rock in Rio.

Segunda autoproclamação: "A terra da festa do tomate".

A autoproclamação de Paty do Alferes é referente à sua famosa Festa do Tomate. Mas onde estão os tomates de Paty? Você já acompanhou, no capítulo "Amigos", o fracasso da caravana em busca dos pés de tomate da cidade. E o sucesso da minha conclusão: Paty do Alferes é a terra da *festa* e não dos *tomates*. Festejemos!

Como a autoproclamação tem dado certo, estou pensando seriamente em me autoproclamar para um posto que está vago, o de Imperador do Brasil!

NUNCA DEIXE UM HOMEM SEM RESPOSTA

Luiz Cesar, meu irmão preferido, me ensinou uma fala muito interessante para constar no momento da apresentação que se faz quando é travado o primeiro contato com uma turma de alunos de qualquer nível, graduação ou pós-graduação. É simples: "Eu respondo a todas — eu disse todas — as perguntas feitas pelos alunos. Aquelas perguntas que contenham assunto desconhecido por mim, a resposta será 'Não sei'. Dessa forma, a resposta estará dada".

Existe uma variante dessa "solução" que me foi contada pelo Paschoal Villardo, engenheiro com quem eu trabalhei na Usimeca.

Ele e outro engenheiro, Alexandre, tinham acabado de se formar e foram admitidos como trainees nas oficinas do Arsenal da Marinha, na Ilha das Cobras, no Rio de Janeiro. Na época, o Arsenal tinha acabado de adquirir uma meia dúzia de máquinas operatrizes (tornos, fresadoras, plainas) da então União Soviética — e todas de grande porte. A vantagem da compra das máquinas "comunistas" estava, além da alta qualidade, no valor (baixíssimo, como estratégica de aproximação da USSR com países do terceiro mundo e, principalmente, da América do Sul).

Uma das missões da dupla — Paschoal e Alexandre — era estudar os manuais das máquinas e adaptá-los para posterior treinamento dos seus operadores. O estudo dos manuais deveria ser completado com testes feitos nas máquinas. Os tais manuais eram somente em russo, idioma que a "dupla dinâmica" não entendia. É verdade que havia muitas ilustrações, figurinhas e desenhos; como uma história em quadrinhos.

Um detalhe neste causo está no fato de que, quando o Arsenal recebia uma autoridade importante, o comando designava, no mínimo, um capitão-de-mar-e-guerra para ciceronear o visitante, e fazia questão que lhe fossem mostrados os novos equipamentos, já instalados, mas ainda em testes. Lembre-se de que os trainees ainda estavam estudando os manuais...

Um dia, estava a dupla a testar uma fresadora. Experimentavam as diversas velocidades e movimentos do equipamento. Eis que, não mais do que de repente, adentra a oficina um grupo, conduzido por um capitão, composto de umas oito pessoas. Com muito orgulho, o oficial dirigiu-se à dupla e perguntou se eles podiam mostrar como a fresadora funcionava. Só que, até então, eles não tinham testado a máquina cortando algum material. Alexandre, o mais afoito dos dois, pegou uma barra de aço, colocou na mesa da fresadora, ligou um botão vermelho e a ferramenta girou a uma velocidade descomunal, tocou na barra e a jogou, como um foguete, a uma boa distância, passando raspando pela cabeça de um dos visitantes e indo se chocar, com um grande barulho, em uma das paredes da oficina.

O capitão pediu desculpas aos visitantes e saiu o mais rápido do local.

Paschoal, que não entendeu a postura ousada do Alexandre, foi lhe perguntar por que tinha feito aquilo, já que eles não dominavam nada do equipamento. A resposta do Alexandre tornou-se uma máxima:

— Nunca deixe um homem sem resposta.

O BALANDRAU

Você sabia que a vestimenta usada pelos maçons, em suas reuniões, é chamada de balandrau? Consta de uma espécie de batina, comprida, até o calcanhar, feita de tecido leve e preto, e tem um capuz.

Fiquei sabendo de um causo, acontecido quando da confecção de um balandrau, que merece ser registrado. Quem me contou foi uma amiga aqui de Miguel Pereira. Quem quiser saber quem é, me contacte no privado. Para facilitar a minha narrativa, vou chamá-la de Marialva (é a mesma Marialva do causo do toco na vindima).

O marido de Marialva — vou chamá-lo de Carlos — entrou para a Loja Maçônica daqui de Miguel. Para participar das sessões, é preciso estar vestido de acordo com o ritual: terno preto, com gravata da mesma cor e o balandrau.

Um companheiro da maçonaria se dispôs a procurar um balandrau para o Carlos na cidade do Rio de Janeiro. Quando o companheiro trouxe a informação do preço do balandrau, o Carlos quase caiu para trás. Era qualquer coisa como uns mil reais. A Marialva, sempre muito prestativa, entrou na jogada e disse para o Carlos: "Se você arrumar um balandrau que sirva de modelo, eu faço um para você. E não vai custar mais do que uns cem reais, o preço do tecido que posso comprar na loja do Gedeon, lá em Governador Portela". E assim foi feito. Carlos arrumou o modelo do companheiro Gilberto (lembre-se de que os nomes aqui são todos fictícios para não deixar ninguém mal). Como eu ia dizendo, o Carlos arrumou o modelo e Marialva, na tarde de uma terça-feira de fevereiro, foi para a casa de uma amiga, que era costureira e tinha as máquinas de costura mais adequadas para realizar o projeto, que podemos chamar de "Projeto Balandrau".

Naquela tarde, fazia muito calor e Marialva, para se sentir mais confortável (e já que estava sozinha com a costureira), tirou seu sutiã e ficou com a blusa sobre o seu corpo. E deu início à sua tarefa. Riscou, no tecido, o modelo fornecido pelo Gilberto, cortou as peças, e ficou faltando a parte final, que seria costurar. A amiga de Marialva prontificou-se a efetuar a costura, só que o faria dentro de uns dias, pois, no momento, estava terminando uma encomenda. Marialva aceitou de pronto a oferta, pois já estava exausta. E, isto posto, deixou o material lá e foi para casa.

Sim, só quando chegou em casa se deu conta de que estava sem sutiã, que ficara na casa da costureira. Como não era muito perto, largou de mão e pensou: "Depois eu pego".

Muda a cena: a Loja Maçônica teria uma reunião dentro de uma semana, e o Gilberto perguntou ao Carlos se já poderia devolver o balandrau. O Carlos, que estava acompanhando a confecção da vestimenta pelas informações da Marialva, respondeu-lhe de forma positiva e, em seguida, pediu à mulher que providenciasse o retorno do balandrau. No dia seguinte, ela foi à casa da costureira e pegou o balandrau, que estava em uma saca. Do jeito que pegou, entregou ao Carlos, que passou para o Gilberto. Este, por sua vez, entregou à sua mulher — Ritinha — pedindo que o lavasse e passasse.

Qual não foi a sua surpresa ao encontrar um sutiã junto do balandrau! O tempo fechou.

Ritinha ficou totalmente destemperada e não deixou Gilberto falar. A única coisa que Gilberto conseguiu dizer foi que perguntaria ao Carlos o que significava aquilo. E assim o fez. Carlos contou para Gilberto a história acima. Do calor etc. etc. E voltou com a explicação para Ritinha, que, evidentemente, não acreditou, por considerar que era armação de Gilberto e Carlos.

Quando Marialva me contou essa história, eu perguntei sem pestanejar:

— Por que você não explicou para Ritinha essa confusão?

— Porque não tive coragem.

Essa história já tem mais de três anos, mas, até hoje, quando Marialva cruza com Ritinha — seja na rua, em um estabelecimento comercial ou, mesmo, na casa de algum amigo em comum —, finge que não a conhece.

LIÇÃO DO DIA: CUIDADO COM O
BALANDRAU PARA NÃO ACABAR MAL
NO MÊS DO CARNAVAL (DESCULPE FORÇAR
A BARRA COM AS RIMAS).

PERDA, ESQUECIMENTO OU ROUBO?

Você já perdeu seu carro?

Não, não estou falando de ter dificuldade de encontrá-lo em um grande estacionamento; como no aeroporto ou em um shopping. Estou falando de ter perdido, mesmo, a ponto de considerar que ele tenha sido roubado.

Um fato ocorrido em junho de 2020, em plena pandemia, remeteu-me a um causo ocorrido nos idos dos anos 1960. Manoel Aristarcho Bezerra, o Maneco, era meu colega na revista *O Cruzeiro*, onde desempenhávamos a função de revisor. Um revisor tinha a sua jornada de trabalho limitada, por lei, a cinco horas por dia. Era comum se ter mais de um emprego. Normalmente, em outra empresa jornalística. Maneco trabalhava, também, no *Jornal do Brasil* (JB). Ele era secretário da redação e atuava no fechamento do jornal. Tinha hora para entrar e só saia quando o jornal estava pronto, indo para a gráfica. Vivia sempre com sono, devido às suas atribuições, principalmente pela responsabilidade que tinha no JB. Maneco atuava n*O Cruzeiro* de manhã. À tarde, ia para casa se preparar para a jornada do *JB*, que se iniciava à noite.

Na época desta história, o *JB* ficava na avenida Rio Branco, 110, no centro da cidade do Rio de Janeiro. Maneco morava em Copacabana e saía de carro, estacionando no pátio interno do Ministério da Fazenda, na avenida Presidente Antonio Carlos — naquela época qualquer um podia estacionar ali. Depois de uns dez minutos de caminhada, Maneco chegava ao jornal.

Mas, naquele dia do nosso causo, Maneco saiu por volta das duas da manhã do *JB*, foi até o estacionamento e seu carro não estava lá. Não teve dúvida, "o carro foi roubado". Mas, pelo horário e cansaço, decidiu pegar um ônibus e ir para casa dormir. Só no dia seguinte faria o boletim de ocorrência na delegacia. Estava ele sonolento, no ônibus, atravessando o aterro do Flamengo, quando se deu conta de que, naquele dia, por alguma razão, deixara o carro estacionado na rua Araújo Porto Alegre, transversal à avenida Presidente Antonio Carlos. O cansaço falou mais alto e deixou para resgatar o carro na manhã seguinte. E assim foi.

E o fato ocorrido em junho de 2020?

O causo aconteceu no início do mês, em plena pandemia. Era de manhã e eu estava no computador, fazendo não me lembro mais o quê (talvez jogando *free-cell*), quando recebo uma ligação de um amigo. Ele estava na 19ª Delegacia de Polícia (DP), na rua General Espírito Santo Cardoso, registrando o furto do seu carro. Esse amigo (não vou revelar o nome para preservar a amizade) mora na Tijuca, perto da praça Sáenz Peña. Disse-me que estava me ligando para descarregar o seu estresse, enquanto aguardava ser atendido. E me contou. Foi sair naquele dia de manhã (não sei para fazer o quê, pois é do grupo de risco e deveria ficar quietinho em casa) e não encontrou o carro na garagem do prédio. Perguntou, assustado, ao porteiro, e este lhe informou que não viu ninguém saindo com o carro. Indignado com tanta falta de segurança, fez contato com o síndico, que também não conseguiu lhe explicar o que tinha acontecido. Saiu cuspindo marimbondos e partiu direto para a 19ª DP. E estava lá, aguardando o término do registro do boletim de ocorrência (BO), para dar entrada no seguro. Desliguei o telefone e fiquei a dar tratos à bola, com a história.

O que poderia ter acontecido? Imaginei que uma forma de ter alguma pista era recorrer às câmeras de segurança do prédio, para descobrir quem tinha levado o carro. Aliás, coisa que meu amigo, movido pelo estresse, nem cogitou antes de partir para a delegacia. Outra coisa era tentar se lembrar da última vez que tinha saído de carro (o que seria relativamente fácil, já que, nos dias da pandemia, poucas vezes saíamos à rua). Decidi retornar a ligação para o amigo, para comentar com ele sobre os meus pensamentos. Quando falei sobre a ideia da "última vez que saiu de carro", ele xingou um palavrão — que, por mais incrível que possa parecer, me assustou — e disse:

— Há cinco dias eu fui ao supermercado e acho que deixei ele lá.

Nesta altura, já estava com o BO na mão, e, para não fazer mais besteira, saiu da delegacia sem falar nada com os policiais. Pegou um Uber em direção ao supermercado. E, ao chegar lá, qual não foi a surpresa? O carro o esperava com muita saudade. Cheio de poeira. Mas intacto.

Agora estava com outro problema: o que fazer com o BO? Este foi mais simples de resolver. Retornou à DP e pediu para cancelar o registro. Alegou que o irmão tinha pegado o carro sem lhe avisar.

Mas qual foi a explicação do amigo para a confusão que ele mesmo criou? Diz ele que saiu de casa para fazer compras no supermercado — justificativa para usar o carro — e, antes de lá entrar, dirigiu-se para um hortifrúti que fica entre a sua casa e o supermercado. E fez compras volumosas. Dali partiu para casa a pé, como sempre fazia, deixando a ideia de passar no supermercado — e, como consequência, o carro — para trás.

Pelo menos esta foi a explicação que recebi e aceitei. Para não perder a amizade.

PIMENTA × TINTA

Esta manhã passei por dois sustos quase concomitantes. O primeiro foi mais leve, mas o segundo...

Vamos aos fatos. O primeiro aconteceu bem cedinho, quando fui na Tecnoart para carregar um cartucho da minha impressora. Como eu tinha pressa, fiquei esperando o serviço ser feito. Enquanto esperava, conversava com o Carlos Augusto, dono da loja. Ele me explicou que os contatos metálicos dos cartuchos têm ouro; daí serem tão caros. Eu argumentei que a tinta também não é barata. Ele carrega dois mililitros em um cartucho e cobra 15 reais. Se supusermos que, desse valor, metade é referente à tinta, eu deduzo, matematicamente, que o litro custa R$ 7.500,00 (SETE MIL E QUINHENTOS) reais.

Mas o susto seguinte foi mais surpreendente (pelo menos, para mim). Eu peguei o cartucho carregado e me dirigi ao Bramil. Para quem não conhece, é o supermercado de Miguel Pereira. Eu "precisava" comprar pimenta malagueta. Fui atraído pela etiqueta azul na prateleira de condimentos do supermercado, indicativa de preço promocional. No entanto, fiz a besteira de ler o valor por quilograma. A etiqueta indicava o absurdo de R$ 386,67. Desisti, na hora, de comprar a pimenta. É mais "saudável": vou plantar uns pezinhos aqui em casa.

Agora, a dúvida é se boto tinta no tempero do feijão ou pimenta no cartucho de tinta.

COM QUANTOS FUROS SE FAZ UM PICOTE DE PAPEL HIGIÊNICO?

A pandemia me trouxe muitas coisas boas, mas, também, algumas um pouco estranhas.

De coisas boas, posso citar a observação que passei a fazer da natureza que me cerca, com uma atenção muito maior. E não foi preciso ir muito longe: foram as flores do meu jardim — rosas, manacás, lírios, orquídeas —, as frutas do meu pomar — tangerinas, limões galego, araçás, nêsperas, pitangas, jabuticabas —, e as borboletas. Sem contar a quantidade de pássaros e passarinhos que povoam as árvores e arbustos do quintal.

A contrapartida foram as coisas estranhas que aconteceram. A propósito, logo no início da pandemia, eu sempre ficava muito assustado com os sintomas que sentia, fossem físicos ou mentais. Um dia, assisti a um filme onde um psicólogo alemão esclarecia que é comum as pessoas falarem com animais e plantas, no isolamento da epidemia. Dizia ele que não era preciso ficar preocupado se isto estivesse acontecendo com você e nem precisava procurar socorro em especialistas da área de maluquinhos. Procure-os, apenas, se os animais e as plantas responderem!

Mas ele não falou sobre um fato que aconteceu comigo: passei a contar quantos furinhos existem no picote do papel higiênico. São vinte.

Mas qual não foi a minha frustração ao encontrar, no pacote de papel Neve Supreme Dermacare Folha Tripla 12 rolos, que estava em uso, rolos com apenas dez furos. Isto é, o picote só ia até a metade do papel.

Isto causava um grande transtorno: o papel não se rompia em forma de um quadrado perfeito; mais parecia um losango.

Não me conformei e liguei para o 0800 do fabricante e apresentei à atendente o GRAVE problema. Depois de me pedir o número do código de barras e o número de rastreamento do rolo (que está dentro dele — MD 051.0 13:07), ela me informou que dentro de dezoito dias úteis eu receberia a reposição do pacote em minha casa. Eu perguntei se ela não queria ver as fotos que tirei com o problema. Ela disse que não havia necessidade; que eu podia descartar os rolos com problema.

Com base na informação da atendente, eu pedi ajuda a meus amigos sobre a destinação dos rolos com defeito. Devo descartar? Guardar para futuros esclarecimentos ao fabricante? Usar alternativamente como lenço de papel? Ou usar com a finalidade para a qual foi projetado/fabricado?

Minha preocupação era de que, se a pandemia não acabasse logo, eu acabaria tendo que procurar o especialista de maluquinhos!

Como eu pedi ajuda aos amigos, recebi diversas respostas e sugestões. A professora Dilma Costa aconselhou-me a guardar os rolos, como amostra do experimento, para se tornar, pelo menos, um trabalho de iniciação científica.

O jornalista Fernando Quintella também sugeriu manter os rolos com defeito sob severa guarda, como prova da redução de "...*50% dos furos sem o menor pudor*". Mesma opinião de Luiz Cesar, meu irmão preferido, mas sob outro argumento: "*Deve guardar (pelo menos) por dez anos. Período em que a fábrica pode abrir um processo reverso por falsa denunciação. O primo de um vizinho meu teve um problema sério, semelhante a esse*".

Outro amigo que sugeriu guardar foi o biólogo, professor e neurocientista Jean Christophe Houzel, sob o argumento de que eu estaria "*salvando a região de outra escato-catástrofe*".

Dois amigos relataram causos semelhantes. O saudoso César Gonçalves Neto, que contou o número de grãos de arroz em um saco de 1kg e encontrou 49.933. Na compra de outro saco encontrou 48.921.

O outro amigo, Samuel Costa contou um causo "completo". Vou reproduzí-lo na íntegra:

Tem uma moça que entrega camarão aqui, fresquinho. Eu tenho o hábito (ou será neurose) de, enquanto limpo, ir contando os camarões. Na primeira vez, os dois sacos de 1 kg tinham exatos 61 camarões em cada. Pensei: "Ihh, tem mais louco nessa história". Na segunda vez, eu pedi 3 kg e, dessa vez, me dei mal, pois vieram dois sacos com 103 e um com 101, portanto camarões bem menores. Reclamei com ela: "a partir de agora eu só quero se estiverem com o tamanho da primeira vez", mas tive que dizer a ela que contava quantos camarões vêm em cada saco. Estou com a impressão que terei que arranjar outro fornecedor...

Alguns amigos demonstraram um ar de surpresa, como a professora Vânia Bastos: "Tô em choque!!!". Ou a professora Virgínia Cândido: "Jesus! Socorra o Odair! Tadinho!". E a professora Aidê Simões: "Meu Deus, e eu que achei que estava muito mal, contando os azulejos da piscina".

COM QUANTOS FUROS SE FAZ UM PICOTE DE PAPEL HIGIÊNICO? (CONCLUSÃO)

Pois bem, o fabricante, como prometido, fez a reposição do papel higiênico dentro do prazo prometido e, de forma surpreendente e encantadora, enviou-me, além de um pacote do papel que originou o contato com eles, um outro pacote, do papel Neve Essências Dermacare Spa (com 16 rolos).

A agradável surpresa foi substituída pela curiosidade. A embalagem trazia uma série enorme de informações. O que significava este novo tipo de papel? Fui analisar e procurar saber. Gente, meu queixo caiu! Quantas coisas diferentes (ou seriam estranhas?) eu descobri. Vou relatar, sem preocupação com a ordem dos comentários, mas com muitas dúvidas ainda. Vamos a elas:

1. "Fragrância no tubinho." Primeira dúvida: é o tubinho do rolo? Segunda: quer dizer que sai um cheirinho de dentro do rolo? É para perfumar o ambiente ou outras coisas?

2. "Tecnologia Dermacare — mantém o pH natural da pele." Aqui o bicho pegou. Evidentemente que entendi a que região do corpo essa "pele" se refere. Minha dúvida: tem gente no fabricante pesquisando pH da pele do (como direi?) "dito cujo"? Quem são os voluntários? Os próprios funcionários dos laboratórios?

3. "Experiência única." Nesse ponto, meu cérebro bloqueou.

4. "Flor de lótus + óleos essenciais." Dúvidas: de que forma a flor de lótus se faz presente? Entendi o termo "essenciais" como plural do adjetivo "essencial" e sinônimo de "fundamental, primordial, basilar, relevante, necessário". Quer dizer que o "dito cujo" precisa de óleos essenciais? E, quando não estão presentes esses óleos, o que acontece?

Gente, fiquei preocupado em usar esse tipo de papel higiênico e ficar mal-acostumado. Decidi colocá-lo no banheiro de visitas e, assim, passo o problema para os amigos que vierem aqui em casa.

LIÇÃO DO DIA: PASSARINHO QUE COME PEDRA
SABE O PAPEL HIGIÊNICO QUE DEVE USAR.

DECEPÇÕES: HALLEY E NEOWISE

Em julho de 2020, o cometa Neowise estava na ordem do dia. Tentei achá-lo da varanda do meu quarto — com binóculos!!! Mas nada. Eram muitas variáveis: junto do horizonte não pode ter nuvens, verificar entre o pôr do sol e o início da noite, garantir pouca luminosidade. Ufa!

Quando estava tentando ver, o William, meu vizinho, acendeu as luzes da sua varanda, prejudicando as minhas observações "científicas". Desisti, mas me fez lembrar uma curiosa situação, quando da passagem do cometa Halley. Tido como "o único cometa de curto período que é regularmente visível a olho nu da Terra".

Isto ocorreu em 1986, ano em que nós, brasileiros, fomos contemplados com duas grandes decepções. A primeira foi na Copa do Mundo disputada no México, quando fomos eliminados, nas quartas de final, pela França. A segunda foi a muito esperada passagem do cometa Halley nas nossas "vizinhanças". Badaladíssimo, o Halley deixou muita gente frustrada, inclusive eu.

Em fevereiro daquele ano, para melhor observar o Halley, fui passar um fim de semana em Saquarema, com mulher e filhos, a convite de um casal de amigos que tinha casa na rua da praia (e tem, até hoje). Era o programa daqueles dias: observar a passagem do Halley.

Ficamos ansiosos para anoitecer e poder observar o tão badalado cometa. Chegada a noite, fomos para fora de casa para achar o "visitante". Era um grupo "de responsa": além dos dois casais, estava junto um bando de pirralhos, nossos filhos. A idade deles girava em torno de treze anos. Muito interesse deles e dos coroas também. Postos a observar, não conseguíamos ver coisa alguma.

E aí vieram as hipóteses, como aquelas citadas anteriormente como variáveis. Uma delas era sobre a luminosidade que vinha do poste da rua, que podia estar ofuscando nossas vistas. Foi quando o anfitrião teve uma brilhante ideia: entrou em casa e voltou com um revólver calibre 32, que mantinha para sua segurança. Colocou-se debaixo da luminária do poste e deu o primeiro tiro, para quebrar a lâmpada. Pegou no prato da luminária, e nada. Deu o segundo tiro. E a lâmpada lá, brilhando mais do que o Halley. Deu o terceiro tiro — que nem no prato pegou. Ele desistiu, alegando que não tinha mais munição no revólver. Eu não me conformei e, de raiva, peguei uma pedra e joguei na lâmpada. A pedra pegou no prato e a lâmpada, como num passe de mágica, apagou. Foi a maior gargalhada dos "cientistas". E, nem assim, conseguimos ver o infeliz do astro celeste.

LIÇÃO DO DIA: MAIS VALE UMA PEDRA NA LÂMPADA DO QUE TRÊS TIROS DE 32.

WHATSAPP FAZ FALTA?

Em agosto de 2020, meu WhatsApp foi clonado. Passei uma semana sem a ferramenta. Aproveitei para fazer uma reflexão sobre a situação. E propus a meus amigos uma experiência: como é a vida sem WhatsApp (ou Zap, para os íntimos)?

O resultado das minhas reflexões:

- Sem o aplicativo, não estarei me comunicando com alguns grupos, deixando de obter importantes informações. Parei para pensar o que poderia estar acontecendo sem o meu conhecimento, e cheguei à conclusão de que, neste período, não receberei nenhum "bom dia" ou "boa noite" de amigos e parentes.
- Deixarei de receber aqueles filmes de 50 a 60 MB, de pelo menos cinco minutos de duração, com duplas inesquecíveis, como Pavaroti e Celi Campelo cantando "Tomo banho de Lua"; Roberto Carlos e Diana Ross interpretando "Ave Maria no Morro". Ou Orlando Silva e John Travolta cantando "Saturday night fever". E, ainda, "Tico--tico no fubá", com a dupla Padre Fábio de Melo e Stevie Wonder.
- Também estarei perdendo aqueles parabéns profissionais. Até há pouco tempo eu não sabia que existiam tantas profissões e especializações. Eu, como engenheiro, conhecia as especializações mais comuns, como, por exemplo, civil, mecânico, eletricista. No entanto, existem dezenas de especializações na engenharia. E, para cada uma, tem o "dia do engenheiro xxxx". Para mim, dia do engenheiro é no dia 11 de dezembro, para se comemorar a regulamentação da profissão que ocorreu pelo decreto 23.569, de 1933. Só para se ter uma ideia, em agosto, temos dias para comemorar profissões como tintureiro, garçom, advogado, economista, feirante, corretor de imóveis, psicólogo, bancário e nutricionista. Já imaginaram quantos parabéns estarei deixando de dar?
- Outro exemplo de perda por não ter WhatsApp: a minha mulher estava ao meu lado, vendo um vídeo que falava do equinócio de

primavera, que estava para chegar. Eu perdí a explicação, pois ouvi apenas alguns fragmentos. Fiquei preocupadíssimo: "como deveria me comportar quando ele — o equinócio — chegasse? E quando isto aconteceria?".

Continuei com a minha experiência, observando o que acontecia de diferente sem o Zap. Aparentemente, nada de importante.

LIÇÃO DO DIA: NÃO SEJA UM ZAPDEPENDENTE!

ROUPAS HERDADAS

Stella, minha mulher, participou de uma campanha para recolher roupas para umas crianças que moravam com a mãe, em uma casa em Paty do Alferes, invadida pelas chuvas, e que estavam alojadas na casa de uma vizinha, sem nada, nem roupas para se vestirem. Isto me levou ao tema "roupas" e me fez lembrar de situações bem antigas. Mas, felizmente, não tem fim desagradável como das crianças de Paty (como tratamos carinhosamente o município-irmão).

O primeiro causo (na verdade, um trauma que carrego e para o qual estou precisando de um ou de uma psicanalista, para tratamento) está relacionado a usar roupas da cor vermelha. Minha mãe, Dona Deca, católica fervorosa, tinha pavor dessa cor. Dizia ela que era a cor do diabo. Nunca tive uma camisa, um short, nada nesta cor.

Eu comecei a trabalhar com dezessete anos, como jornalista da revista *O Cruzeiro*. Pois bem, quando recebi meu primeiro salário, entrei numa loja chamada "Sua Majestade", lá na Tijuca, e gastei todo ele em roupas para mim. E, no meio delas, tinha uma camisa vermelha. Ato de rebeldia? Ou não? Quando cheguei em casa, foi o maior drama. Será que fui muito sem noção? Resumo da ópera: fui na loja e, muito constrangido, troquei a camisa por uma de outra cor.

O segundo causo está ligado àquela situação em que as crianças herdavam roupas de parentes e amigos mais velhos. Eu tenho fotos de quando tinha uns oito anos e tinha uma farda — isto mesmo, uma farda — que era minha roupa de gala. Se saíamos para visitar um parente no domingo, lá estava eu, de farda. Pior: nos registros de minha primeira comunhão, estou eu, lá, de farda. Essa indigitada farda foi herdada do filho de uma amiga de minha mãe, o Murilo, que tinha estudado em colégio interno, onde a farda era o uniforme para as solenidades mais importantes do calendário.

Agora, não era só eu que usava a farda. Meu irmão preferido, Luiz Cesar, também tinha a dele. A origem era a mesma. Mas Luiz nega, de forma enfática, que algum dia tenha usado a tal farda. Mas as fotos não mentem.

LIÇÃO DO DIA: CADA UM TEM A HERANÇA QUE MERECE.

O RONCO DO BOI — PESQUISA E "PESQUISA"

Na época da pandemia, vimos e ouvimos os comentários sobre a falta que faz a pesquisa científica no nosso país e, consequentemente, a dependência que tínhamos do famoso ingrediente farmacêutico ativo (mais conhecido como IFA, entre os íntimos), necessário para a elaboração das vacinas contra a covid.

Isto me fez lembrar de uma palestra que assisti há mais de cinco anos, em um evento promovido pela Universidade Federal RURAL do Rio de Janeiro e pela EMBRAPA, e realizado na Federação das

Indústrias do Rio de Janeiro (conhecida como FIRJAN, também, entre os íntimos). Quem palestrava era o presidente de uma agência de financiamento — FINEP ou FAPERJ. Não me obriguem a lembrar qual era, porque aí é exigir demais da minha pobre memória!

Pois bem, o palestrante discorria sobre a importância dos objetivos das pesquisas com relação aos benefícios que ela, a pesquisa, pode trazer para a sociedade. Ainda explicava que, muitas vezes, a solicitação do financiamento de um projeto de pesquisa era negada por não atender a este objetivo: o que a sociedade ganha?

Para ilustrar, ele apresentou um exemplo: quando ele era analista de projetos, chegou à sua mão, para análise, uma solicitação de financiamento cujo tema era o ronco do boi. Isto mesmo; alguém pedia financiamento para estudar o ronco do boi. Como teria uma reunião, no dia seguinte, com o solicitante, ficou pensando quais seriam os benefícios do estudo. Primeira hipótese: o ronco de boi não deixava as vacas dormirem em paz e a produção do leite cairia. Outra hipótese: o ronco acordava outros bois e a fadiga do rebanho, causada por várias noites insones, poderia endurecer a carne daqueles que iriam para o abate. Outra ainda: o ronco acarretaria noites mal dormidas e a fadiga traria impotência dos touros reprodutores, acarretando prejuízo ao agronegócio (não se esqueçam de que "o agro é tech, agro é pop, agro é tudo"). Só havia uma solução: perguntar, na reunião do dia seguinte. E assim foi feito. Muito curioso sobre o objetivo da pesquisa, aguardou com ansiedade a hora de elucidar tão palpitante tema. E conduziu a sua pergunta, que lhe ajudaria sobre a decisão de conceder, ou não, o financiamento, enumerando as três hipóteses que tinha imaginado. A resposta foi simples e direta:

— Nenhuma das três. Quero fazer a pesquisa pela pesquisa.

Naturalmente que o financiamento não foi concedido.

AZEITONA SEM CAROÇO

Eu sempre fui um consumidor muito consciente dos meus direitos, embora algumas pessoas digam que eu tenha TOC. Não concordo (muito), não.

Tenho guardados mais de trinta registros de reclamações sobre produtos que comprei e identifiquei algum problema. Até trabalho sobre o tema já apresentei em congresso da União Brasileira da Qualidade (UBQ). Tem coisa desde os idos de 1990.

Todos os registros são interessantes. Coisas como reclamação por causa do rótulo de cabeça pra baixo (ou "de ponta cabeça", para os paulistas) em garrafa de cerveja; tênis que teve a lingueta arrebentada; pobreza do lanche em voo da Varig; bagagem molhada em voo da TAM (e que teve resposta do próprio punho do Comandante Rolim).

Um dos registros mais interessantes foi a constatação de que, em dois ovos de Páscoa de mesma referência, o conteúdo era diferente. Em um deles, veio um bombom e dois pequenos ovos e, no outro, um bombom e apenas um ovo pequeno. Isto me causou um problema. Cada filho recebeu um ovo, mas a diferença do conteúdo causou uma tristeza no agraciado pelo ovo com conteúdo menor. O fabricante do produto foi contactado e informou que o "recheio" era para completar o peso especificado; daí a diferença. Mas, de qualquer forma, enviou pelos Correios meio quilograma de pequenos ovos, que foram irmãmente divididos entre os filhos.

A esta altura da leitura, você poderá estar se perguntando: "Odair, o que tudo isto tem a ver com a azeitona sem/com caroço, do título?". Eu respondo.

Comprei um vidro de azeitonas verdes sem caroço e encontrei uma azeitona com caroço. Não me contive e, como sempre, liguei para o 0800 do fabricante das azeitonas e fui muito bem atendido pelo Serviço de Atendimento ao Cliente (SAC). Foi-me prometida a reposição, não só da azeitona, mas de um kit com vários produtos deles.

A reposição foi feita. Demorou um pouco porque o kit veio até Miguel Pereira e voltou para São José dos Pinhais. E foi remetido novamente. O SAC me contactou mais de uma vez sobre essa ida e vinda. Do kit faziam parte azeitonas aperitivo, azeite extravirgem, cereja ao marrasquino, azeitonas verdes sem caroço (elas, que deram origem a esta história) e champignon inteiro.

LIÇÃO DO DIA: VALE A
PENA CORRER ATRÁS.

CERVEJA NA TORNEIRA

Você gostaria de ter, em casa, uma torneira que jorrasse cerveja? Pois vivenciei um causo que chegou perto disso.

Aconteceu em 2014, na cidade de Vassouras.

A Semana Santa daquele ano caiu nos dias 18 (sexta-feira) a 20 de abril (Domingo de Páscoa). Acontece que a segunda-feira, dia 21, também era feriado (Tiradentes). Que belo feriadão!

Os meios de hospedagem, agências de turismo e restaurantes, junto com a Prefeitura, não perderam a oportunidade; fizeram muitas promoções. Em um dos pacotes constava, para o sábado, uma visita à unidade do Senai da cidade.

Aqui abro um parêntese: o Centro de Tecnologia de Alimentos e Bebidas (nome oficial do Senai/Vassouras) oferecia o principal curso cervejeiro do país e era referência na América Latina. Mas, em 2017, o Senai/Vassouras teve suas atividades encerradas porque, segundo declarações da FIRJAN (*O Globo*, 20/09/2016), era preciso atender "a exigências dos órgãos de fiscalização quanto à sustentabilidade financeira". Fecho aqui o parêntese.

Da programação constava, em primeiro lugar, uma palestra; depois, uma visita às instalações; e, no encerramento do programa, uma degustação de cerveja, diretamente da cervejaria-escola, uma verdadeira fábrica, pois tinha capacidade de produzir mais de dez mil litros por mês.

No ano anterior, em visita semelhante promovida por um hotel da cidade, compareceram cerca de quinze pessoas. Com base nessa experiência, a palestra foi organizada para acontecer em uma sala de aula.

A agenda previa o início das atividades às 10h. Às 9h45min todos a postos para receber os visitantes. E começaram a chegar. Primeiro, foi uma van. Desceram umas quinze pessoas. Poucos minutos depois, um micro-ônibus. Mais umas 20 pessoas. E chegavam muitas pessoas a pé, também. Os organizadores acenderam o alerta: esse povo todo não vai caber na sala reservada para a palestra.

PRIMEIRO CORRE-CORRE: transferir a palestra para o auditório. Lá a capacidade era bem maior. Qualquer coisa como 100 pessoas. E corre para levar equipamentos e ligar ar-condicionado. O início da palestra sofreu um atraso de cerca de 30 minutos.

Neste ponto, veio a pergunta: "De onde surgiu tanta gente?". A explicação veio fácil. Os pacotes de fim de semana davam ênfase à visita ao Senai com degustação de chope. Depois, cheguei a descobrir que um senhorzinho só viajou porque a mulher usou o argumento da degustação no Senai.

Terminada a palestra sobre o processo de produção da cerveja, os convidados partiram para a visita guiada às instalações.

SEGUNDO CORRE-CORRE: no meio da visita, chega a notícia de que houve uma barbeiragem na manobra das linhas de produção da cerveja. Explicando: era possível fazer, por meio de uma válvula, um desvio na tubulação que conduzia a cerveja. Ao invés de o precioso líquido ir para o engarrafamento, podia-se levá-lo para o bar onde ocorreria a degustação. Ninguém sabia o porquê, mas a cerveja estava indo para o banheiro. Ao dar a descarga no vaso sanitário, saía cerveja. Era a eliminação do intermediário. Direto no vaso.

E agora, o que fazer? A maioria daquele povo estava ali para beber cerveja.

Solução: usar cervejas em lata que estavam nas geladeiras dos laboratórios e que serviam para aula de testes degustativos. Pela própria natureza, eram poucas e de marcas diferentes. Mas era o que tinha.

Como servir? A maioria daquele povo estava ali para beber cerveja do Senai.

Solução: servir por trás do balcão do bar. E, então, uma pessoa ficou agachada, escondida atrás do balcão, enchendo os copos e passando para outra pessoa que colocava no balcão.

Parecia tudo resolvido. Agora era terminar, logo, a degustação e levar os visitantes embora. Mas (sempre tem uma "mas") uma senhorinha jogou a pá de cal, ao declarar:

— Puxa vida, essa cerveja do Senai parece muito com Schincariol!

E era Schincariol, mesmo.

QUAL A DIFERENÇA ENTRE ESTABACO E CATACAVACO?

Agradeço ao primo Fernando e ao Leonardo, pai do Pedro, pelas dicas sobre a diferença entre estabaco e catacavaco. Inclusive vou aproveitá-las para enriquecer os causos que vou contar.

Segundo Fernando, catacavaco é o tropeço sem queda. Já o estabaco exige a queda. Leonardo acrescenta: "... o estabaco, inclusive, pode ser precedido pela catada de cavaco". O popularmente catacavaco. Leonardo ainda esclarece: "Para efeito de classificação taxonômica, patológica/nosológica ou legal, o mais avançado ou mais grave engloba os predecessores [...]". Ou seja, catacavaco sucedido de um estabaco deve ser colocado na definição de estabaco.

Da mesma forma, há estabaco sem catacavaco. Exemplos genuínos, exclusivos e pessoais dessa situação: cair do bonde de cabeça no chão (evento de 1960 que muitos amigos conhecem) ou cair da cama, dormindo (situação que aconteceu mais recentemente, quando me estabaquei no chão, dando uma bela cabeçada na mesinha de cabeceira, batendo com o antebraço na cômoda).

Agora, um exemplo perfeito de catacavaco (a única dúvida é se foi casual ou provocado). Vamos aos fatos. Faz uns meses, Marialva (sim, ela, sempre ela) estava em Barcelona com duas amigas — Diva e Ester — a passeio. Procuraram ver o máximo de atrações turísticas nos poucos dias que ficaram na cidade. Uma delas era visitar a igreja da Sé; igreja muito bonita, mas que acaba ficando em segundo plano, pela fama da Igreja da Sagrada Família.

Pois bem, as três turistas se dirigiram para a Sé, com o objetivo de visitá-la. Ao chegar, constataram que havia duas portas. Só não se deram conta de que uma porta era entrada e a outra, saída. Marialva, mais afoita, nem esperou pelas amigas e se meteu pela saída. E foi neste instante que se deu o catacavaco catalão que fez com que ela desse praticamente um pulo para a frente e acabou se misturando ao meio do povo, parando dentro da igreja. Diva e Ester, que tinham ficado para trás, viram quando dois guardas saíram de seus postos, na tentativa de barrar Marialva. Foi, então, que descobriram que a entrada é paga e custa sete euros. Os guardas não conseguiram alcançar Marialva. Ela já estava longe. As amigas ainda pensaram em pedir aos guardas para deixar elas entrarem para buscar a Marialva. Mas desistiram, achando que poderiam ser mal interpretadas.

Marialva, quando sentiu a falta das amigas, saiu da igreja, evidentemente que pela porta de entrada. Mas, antes, tirou uma boa quantidade de fotos do interior da Sé.

Economizou sete euros, mas poderia ter tomado uma multa — que não sei quanto é, não, mas não deve ser pouco. Fica a dúvida: o catacavaco foi por acaso ou um despiste, para não pagar a entrada? Só Marialva poderá tirar essa dúvida.

SEM NOÇÃO – JÚNIOR

É bom já ter passado dos 70, porque a gente consegue relacionar fatos atuais com algo acontecido há muitos anos. Esta semana aconteceu um papo sobre dívidas, com um amigo, que me remeteu a um causo acontecido em 1953.

Eu tinha oito anos de idade e morava em Parada de Lucas.

Abre parêntese: a casa onde morávamos ficava na rua Joaquim Rodrigues, 242, e tinha uma grande quantidade de árvores frutíferas: cajá-manga, araçá, sapoti, manga, goiaba, laranja da terra, laranja bahia, tangerina, nêspera, carambola, amora, pêssego. Foi um privilégio ter vivido em um lugar tão especial e ligado a tantas coisas da natureza. Fecha parêntese.

Vamos ao causo: minha mãe, Dona Deca, tinha uma amiga — Dona Conceição — a quem emprestara um dinheiro. Não era muito. Qualquer coisa como uns 100 reais de hoje. Só que Dona Conceição não falava nunca em pagar aquela dívida. Minha mãe, um dia, comentou com meu pai, depois do jantar, sobre a dívida e falou de forma enfática, a ponto de me impressionar. Alguma coisa como "Será que ela não se manca?".

Alguns dias depois, eu, meu irmão e Dona Deca caminhávamos pela rua Joaquim Rodrigues, quando cruzamos com Dona Conceição. Houve uma pequena parada para cumprimentos e, talvez, a esperança de Dona Deca de ouvir alguma explicação sobre a dívida; mas Dona Conceição fez "boca de siri" (termo muito usado por Dona Deca e que significa "não falou nada").

Foi aí que exercitei uma característica da qual, muitos anos depois, descobri ser possuidor nato: o maior "SEM NOÇÃO". Virei-me para Dona Conceição e, de forma enfática, indaguei-lhe:

— A senhora não vai pagar a minha mãe, não? Ela já tá ficando chateada.

LIÇÃO DO DIA: FALTA DE NOÇÃO É CARACTERÍSTICA CONGÊNITA. NÃO HÁ PSICÓLOGO QUE CURE.

AGRADECIMENTOS

No meu aniversário de 79 anos, eu combinei com pessoas muito próximas — amigas, mulher, filho, filha, nora, enteada — que, em vez de me darem presentes físicos, convertessem o valor em contribuição para viabilizar a execução deste livro. Foi um sucesso. Muito obrigado, Mônica Albano, Dilma Costa, Dayse Pereira de Souza, Stella Costa, Leonardo Quintella, Daniela Quintella, Danielle Quintella, Regina da Costa Alves e Alex Veras Vieira.

Com a mesma finalidade, antes mesmo de o livro ter sido encaminhado para a editora, fiz uma "pré-venda" entre amigos, com a garantia de que o livro sairia. A famosa *"la garantia soy yo"*. Obrigado por acreditarem em mim, a contribuição de vocês foi fundamental para garantir a existência desta obra. São eles/elas: Ieda Lúcia e Luiz Carlos Paixão; Andrea de Sousa Figueira; Nana e Alex Veras Vieira; Alessandra Fontes Mathias; Antônio Tavares da Silva; Maria Aidê Simões; Nilzanira Lisboa Reyes; Fernando Quintella; Luiz Fernando do Monte Pinto; Armando Ribeiro; Ilson Roberto da Costa; Humberto Kazure Cerquera; Ângela Costa; Jorge

Mesquita; Jorge Luiz La Porta; Ângela Maria Mees; Alexandre Guilherme de Oliveira e Silva; Mônica Albano; Francisco de Assis Medeiros; José Constant Neto; Irineu Lobo Rodrigues Filho; Marília de Figueiredo; Vera Cavalcanti; Lúcio Chaves; Myrian Schettini e Paulo Bitencourt; Virginia Maria Amadeu; Stella Regina Reis da Costa; Luiz Cesar Mesquita Quintella; Núbia Maria Massena Gonçalves; Dayse Pereira Sousa; Maria Paula Leal; Regina Lúcia de Souza; Nádia Barros Félix; Núbia Silveira Barros; Dilma da Costa Reis; Zuleide Barata; Hélio Fernandes Jr.; Maristela Soares Lourenço; Jefrrey Hanson Costa; Vânia Bastos; Adgerson Ribeiro Carvalho de Sousa; Raquel Albuquerque.

Devo, também, um agradecimento especial aos personagens criados para esconder a identidade real dos envolvidos, em alguns dos causos aqui narrados. Obrigado, Margarida e Betinho (cuidado com o gin), Francisco e Fernanda (é Outeiro...), D. Vilma, seu Adelino e Wilson (atenção para a exumação), Dorival e Flavinho (olha a preposição aí...), Débora, Dalila e Dominique (não sabem sambar), Diva e Ester (testemunhas do catacavaco); e, a minha personagem preferida, a Marialva, presente em tantos causos.

FONTE Minion Pro
PAPEL Pólen 80g/m²
IMPRESSÃO Paym